월간이 신입생의 일기

Journal d'un nul débutant

얼간이 신입생의 일기

뤽 블랑빌랭 지음 | 이세진 옮김

라임

차례

9월 2일

중학교 입학을 하루 앞두고

나는 이 일기를 재미로 쓰는 것도 아니고, 내일부터 중학생이 되기 때문에 새로이 각오를 다지기 위해 쓰는 것도 아니다. 오히려 중학생이 되는 것에 대해서라면 딱히 할 말이 없다.

초등학교 때 담임 선생님이 마지막 인사랍시고 지겹도록 우려먹은 주제들, 즉 '사춘기의 시작'이니 '비밀이 많아지는 나이'니 '2차 성징'이니 하는 바보 같은 얘기와도 이 일기는 전혀 상관이 없다.

단지 나는 이 일기에서 내가 굳이 얼간이가 되려는 이유를 밝히고 싶을 뿐이다. '얼간이'라는 단어를 좋아하는 건 아니지만, 모두들 덜떨어진 아이를 두고 그렇게 부르니 달리 선택할 말이 없다.

다만, 그 전에 하나 짚고 넘어갈 게 있다. 학교에서 얼간이로 통하기 시작하면 대개는 구제 불능이 된다는 사실! 빵점을 하도 많이 맞아서 도무지 극복하려야 극복할 수 없는 지경에 이르른 상태라고나 할까.

이 일기의 첫 장에서 공식적으로 선언한다. 나는 보잘것없는 얼간이 대열에 기꺼이 합류할 테다. 앞으로 구제 불능 얼간이 무리의 일원이 될 거라는 얘기다.

사실 나는 지금까지 정반대의 삶을 살았다.

다른 친구들, 특히 우리 누나 같은 부류가 여차하면 흠씬 두들겨 패고 싶어 하는, 엄청나게 재수 없는 학생이었다. 성적은 늘 평균 99점. 100점을 받았다간 진짜 밉상으로 찍힐까 봐 99점에서 나름대로 타협을 한 거다.

논술 관련 수행 평가를 할 때도 주제가 떨어지기가 무섭게 숨도 안 쉬고 다다다 글을 써 내려가 다른 아이들보다 삼십 분 먼저 답안지를 제출한다. 그러고는 다른 아이들이 끙끙대며 답안을 작성하는 동안 시간을 때우려고 학급문고에서 책을 가져와 읽는다.

책도 아무거나 가져오지 않는다. 기본이 '벽돌 책'이다. 그것도 내 나이 대보다 훨씬 수준이 높은 두꺼운 책……. 깨알같이 작은 글씨로 제법 전문적인 지식을 빼곡히 담은 책 말이다.

우리 집에서는 아직도 내가 쪽지 시험에서 딱 한 번 평균 이하의 점수를 받아 온 사건(!)을 두고 걸핏하면 이야깃거리로 삼는다. 그때 하필 맹장염에 걸려서 배가 끊어질 것처럼 아팠는데도, 수학 쪽지 시험을 못 보게 될까 봐 아무 말도 하지 않고 꾹 참았다. 그러다 그만 수업 중에 병원으로 실려 가고 말았다.

그랬던 내가 왜 고고한 올림포스 산을 떠나, 어리석음이 들끓는 진창으로 자진해서 굴러떨어지려 하느냐고? (아, 나는 이런 식의 문장이 아무 때나 입에서 술술 나온다. 그래서 친구도 별로 없다.) 어째서 아빠를 충격에 몰아넣고 엄마를 절망에 빠뜨리면서 누나와 동급으로 떨어질 계획에 착수하느냐고? 우리 시에서 제일 들어가기 힘든 데다 엄격하기로 소문난 명문 중학교 입학을 앞둔 이 마당에?

우선 내가 어떻게 사는지 간략하게라도 말해야겠다. (일기란 아무도 읽지 않을 줄 알기에 마음놓고 비밀을 털어놓을 수 있는 공간이다.) 나는 텔레비전을 볼 권리가 없다. 게임도 단 한 개조차 갖고 있지 않다. 일요일마다 가족과 함께 강제로(!) 나들이를 빙자한 야외 학습을 간다.

부모님이 나를 학대하거나 매정하게 대하진 않지만 내가 친구들보다 월등히 뛰어나기를 지독하게 바란다. 아빠는 도서관에서 사서로 일한다. 그래서 국어와 사회, 역사 과목의 공부를 직접 봐 준다. 엔지니어로 일하는 엄마는 틈이 날 때마다 나를 붙잡고 수학을 가르친다. 그러니까 나는 꼼짝없이 포위당한 신세다.

누나는 일찌감치 잘 빠져나갔다. 6학년 때 성적이 기본 학력 수준에 미치지 못해 유급을 당했는데도 눈곱만큼도 애석해하지 않았다. 그저 나하고 같은 초등학교를 일 년 더 다녀야 한다는 사실을 유감스럽게 생각했을 뿐.

누나 이름은 엘로이즈, 내 이름은 닐스다. 부모님은 어느 날 갑자기 술기운에 충동적으로 자식들에게 이런 이름을 붙인 게 절대로 아니다. 두 분은 고민에 고민을 거듭한 끝에 정성껏 고른 이름이다.

아빠 엄마는 엘로이즈 누나를 누구나 감탄할 만한 영재 소녀로 키우려고 했다. 하지만 그때만 해도 엄마 아빠의 영재 만들기 노하우에는 허점이 많았다. 그 노하우가 웬만큼 수정되고 보완되어 완성 단계에 이르렀을 즈음에 하필이면 내가 태어났다. 노하우라고 하니까 엄청 거창하게 들리지만, 막상 사실을 까 보면 싱거울 정도로 간단하다. 그냥 집요하게 붙잡고 늘어지면 된다.

나는 태어나서부터 내 시야에 들어오는 모든 것에 대해서 설명을 들었다. 부모님은 뭔가 눈에 띄기만 하면 무게는 어떻고, 속도는 어떻고, 어원은 어떻고, 화학적 성분은 어떻다고 주구장창 설명을 늘어놓았다. 어렸을 때 뛰어놀다가 넘어져 무릎이 까졌을 때도 나는 울음을 터뜨리는 대신에 '고통'이라는 단어의 동의어 세 개를 읊어야 했다. 결국 나는 불평하는 법을 아예 모르는 아이가 되어 버렸다.

그래서 굳게 결심한 바, 나도 이제 반항을 해 보련다. 그렇다고 누나를 무작정 따라 할 수는 없다. 누나에게는 예민한 여자아이라는 무기가 있었다. 게다가 지금 한창 사춘기라는 첨단 무기까지 확실하게 장착했다. 별것 아닌 일에 대놓고 삐치는 데 선수요, 아침에 일어나자마자 힘든 표정을 연기하는 데도 선수요, 별로 힘들이지 않고 울음을 터뜨리는 데는 더더욱 선수인 누나와는 다른 전략을 취해야 한다.

그래서 얼간이 작전으로 나가기로 했다. 가능한 한 오랫동안 열등생으로 살 것이다. 물론 이렇게 갑자기 변신을 하기 위해서는 탄탄한 알리바이가 뒷받침되어야 한다. 아무도 나의 사기 행각을 눈치채서는 안 되니까.

일단 맞춤법에서부터 자꾸 실수를 할 거다. 처음에는 방심해서 저지르는 실수처럼 보이겠지. 그다음에는 계산을 틀릴 거다. 그러면서 차츰차츰 중학교에 적응을 못 하는 아이처럼 굴 작정이다.

학교와 선생님, 그리고 학습 환경이 싹 바뀌는 지금이야말로 절호의 기회다. 나는 변화에 적응하지 못하고 헤매는 신입생 연기에 올인할 테다. 일부러 깜박 잊고 숙제를 적어 오지 않은 척도 할 셈이다. 숙제를 안 하면 벌을 받겠지? 벌을 받고 나면 불안해하면서 밤에 잠까지 설치는 연기를 하면 된다. 그런 식으로 밀고 나가면 머지않아 다들 나를 진짜 얼간이라고 믿게 될 거다.

나의 이런 행동이 어떤 결과를 몰고 올지는 안 봐도 빤하다. 엄마는 몸져누울 거다. 아빠는 한숨이 늘어지겠지. 거실 문을 닫아 놓고 두 분이서 대책 회의에 열을 올릴 거다. 엄마가 필독하는 두꺼운 청소년 심리 관련 책들을 참고하면서 심도 있게 해결책을 강구하리라.

나도 그 책들을 다 읽었다. 심리학자들은 하나같이 애들을 너무 휘어잡지 마라, 그러면 애들이 불안해져서 잘하던 것도 못한다, 라고 주장한다. 더불어 또래 친구들과 어울릴 기회를 많이 주어야 한다고 꼭 덧붙인다. 엄마는 유독 그 대목을 대충 건성으로 읽고 넘어가곤 한다. 어쨌든 엄마는 그 책들을 다시 꺼내 들춰 보게 되리라.

어쩌면 드디어 나도 아이들이랑 축구도 하고 비디오 게임도 할 수 있을지 모른다. 꿈이야 누구든 자유롭게 꿀 수 있는 거 아닌가.

9월 9일

진짜 얼간이와 가짜 얼간이

나도 안다. 일주일이나 지났다. 매일매일 쓰는 건 아니니까 엄밀히 따지자면 이건 '일기(日記)'가 아니다. 아무래도 '주기(週記)'라고 불러야 하지 싶다. 이딴 생각을 하는 것 자체가 이미 내가 부모님의 깐깐한 편집증에 얼마나 찌들어 있는지 고스란히 보여 주는 거다. 뭐, 어쨌든 새로운 학교에서의 일주일은 굉장히 흥미진진할뿐더러 그만큼 얘깃거리도 많다.

일단 첫 번째 좋은 점은, 같은 반이 된 친구들 중에 원래 알던 아이가 한 명도 없다는 거다. 초등학교 때 알던 친구들은 대부분 다른 중학교로 진학했고, 어쩌다 우리 학교에 온 애들도 다 다른 반으로 배정되었다.

우리 학교에는 특이하게도 1학년 때부터 영재 학급이 따로 있다. 배치 고사 성적을 바탕으로 전교 20등까지 모아서 반을 별도로 구성했다. 그래서 우리 반은 딸랑 스무 명밖에 안 된다. 다시 말해, 스무 명의 영재가 모여 있는 셈이다. 아니, 이 말은 정정해야겠다. 열아홉 명의 영재와 바질이 있다. 바질에 대해서는 좀 있다가 얘기하겠다.

엄마는 지금 몹시 심란하다. 엄마의 'N+1'의 딸 멜리장드 부카르가 나와 같은 반이 되었기 때문이다. N+1이란 어른들 세계에서 어깨에 힘 좀 주는 사람을 일컫는다. 한마디로, 나보다 아주 조금 잘나갈 뿐인데도 모두들 엄청나게 떠받드는 존재라고나 할까. N+1은 나에게 기회를 열어 주든가, 아니면 내 삶을 엿같이 만들든가 둘 중 하나다.

우리는 시설이 아주 빵빵한 특별 교실에서 공부한다. 벽면은 우리의 지식욕을 자극하기 좋은 요소들로 빈틈없이 채워져 있다. 지형도, 각종 연표, 유명 그림의 복제화, 위인들의 초상화 등등. 빔 프로젝터는 물론이고 전자 칠판과 대형 스크린이 갖추어져 있는 데다가 모두가 최신형 태블릿 PC를 쓸 수 있다.

선생님은 과제 검사를 끝내자마자 점수를 컴퓨터에 입력해서 학부모에게 전송한다. 입학한 지 일주일밖에 안 됐는데 쪽지 시험을 네 번이나 봤다. 나는 네 번 다 시험을 망치는 데 성공했다.

그렇다고 너무 앞서 나가면 안 되겠지? 일단 중학교에서 만난 새 친구들부터 얘기해야겠다. 원래는 걔들한테 별로 관심이 없었다. 어째 애들이 죄다 치약 광고나 안과에서 볼 수 있을 법하게 생겨서였다. 거의 모두 한두 번씩은 월반을 해서 또래보다 최소한 한 학년씩은 더 높았다. 그래서 덩치만 크고 머리만 곱게 빗었지, 아직 아기 같은 인상들이었다.

심지어 의자에 앉았을 때 발이 교실 바닥에 닿지 않는 아이도 있었다. 아이들은 자리에 앉자마자 공책과 펜, 자, 각도기 등을 가방에서 꺼내어 무슨 의식이라도 치르듯 얌전하게 책상 위에 늘어놓았다. 그러고는 허리를 쭉 펴고 물고기를 던져 주기를 기다리는 물개처럼 신경을 바짝 곤두세웠다.

그중에서 세 명이 눈에 좀 들어왔다.

첫 번째 친구의 이름은 모나다. 모나리자의 그 모나 맞다. 자식 이름을 유별나게 짓는 걸로는 우리 엄마 아빠 뺨치는 부모들이 세상에 꽤 많이 존재하는 모양이다. 다행히 모나는 모나리자를 전혀 닮지 않았다. 아니, 나를 바라보면서 수수께끼 같은 미소를 지을 때에는 아주 조금 닮은 것 같기도 했다. 나의 매력을 알아차릴 만큼 감수성이 남다른 여자아이들 특유의 수수께끼 같은 분위기. 나는 그런 분위기를 곧잘 감지한다.

모나는 다리가 불편했다. 그 애가 절름거리는 모습에 나도 모르게 자꾸 눈길이 갔다. 그러다 모나의 수수께끼 같은 분위기에 마음이 흔들린 나머지, 그만 중대한 실수를 저지르고 말았다.

"너는 무슨 장애가 있는 거야?"

첫 번째 쉬는 시간이 시작되자마자 나는 대뜸 그렇게 물었다. 말을 꺼내기가 무섭게 아차 하는 마음이 들면서 머리를 벽에 찧고 싶었다. 다행히도 모나는 나에게 대답을 해 주었다.

"그럼, 너는?"

순간, 나는 얼굴이 빨개졌다.

"나? 난 쓸모없는 멍청이야."

모나는 눈썹을 찌푸리면서 내 대답을 굉장히 진지하게 받아들였다. 참, 모나리자는 눈썹이 없다. 언젠가 그림을 보면서 몇 번이고 확인해 봤다. 눈썹이 죄다 뽑혀 있었다.

"멍청이라니, 그게 무슨 말이야?"

나는 사춘기에 접어들어서 심리적으로 불안하고 어쩌고저쩌고 하는 소리를 해 볼까 했으나, 그 애의 기다란 속눈썹이 그런 마음을 싹 쓸어 가 버렸다. 모나는 결론조로 이렇게 말했다.

"세상에 쓸모없는 사람이 어딨니? 너도 마찬가지야. 그리고 난

장애인이 아니야."

모나는 다시 한 번 미소를 지었다. 그 미소에는 도무지 거부할 수 없는 매력이 스며 있었다.

"나는 운동 기능에 살짝 문제가 있을 뿐이야. 그래서 엘리베이터를 이용할 권리가 있고, 너에게 가방을 들어 달라고 부탁할 권리도 있어. 엘리베이터 혼자 타는 거 조금 겁나거든. 네가 같이 가 줘."

눈에 띄는 두 번째 인물은 얼간이다. 얘는 진짜 얼간이다. 이 친구 이름은 바질이다. 어쩌다가 이런 애가 우리 반에 들어왔는지 그 내막은 아직 밝혀내지 못했다. 잘못 들어와도 한참 잘못 들어온 것 같다.

어쩌다 보니 다행스럽게도(?) 첫 번째 수업부터 걔랑 나란히 앉게 됐다. 바질은 키만 컸지 매가리가 하나도 없었다. 머리카락조차 힘없이 축 처진 데다, 길고 하얀 손은 뭐만 잡았다 하면 떨어뜨리기 일쑤였다. 쥐 죽은 듯 조용한 수업 시간에 바질이 물건 떨어뜨리는 소리가 집중을 방해한 적이 한두 번이 아니었다.

금속 피규어, 구슬, 뼈, 이빨, 조개껍데기 따위가 시멘트 바닥에 부딪힐 때의 그 거슬리는 소리란. 바질은 단단하고 쓸모없는 온갖 것들을 모은다. 그 애가 호주머니와 필통에 쑤셔 넣고 다니는 그 온갖 물건들이 단단하고 쓸모없다는 것 말고 또 무슨 공통점이 있는지 잘 모르겠다.

그래도 바질 덕분에 첫 번째 학업 평가부터 완벽하게 망칠 수 있었다. 녀석의 답안지를 훔쳐보고 썼기 때문이다. 바질의 기법에서 많은 것을 배웠다. 바질은 스케일이 다른 얼간이다. 바보 얼간이도 그 정도 되면 프로다. 일단 녀석은 시험지를 나눠 주는 동안 정신을 차리는 데만도 한참 걸린다. 꽤 오랜 시간에 걸쳐 창밖의 구름을 쳐다본다.

언젠가 나에게 대놓고 자기가 구름 구경하는 걸 얼마나 좋아하는지 고백했다. 구름 속에서 죽은 사람의 얼굴이 보인다나. 살아 있는 사람들에게 무언가 말을 하려고 기를 쓰는 죽은 사람들의 얼굴이 보인다는 것이다. 그들의 얼굴에서 벙싯거리는 입 모양을 아주 잘 살펴봐야 한단다. 바질은 그들의 메시지를 해독하기 위해 눈을 잔뜩 찡그리고 있다가 갑자기 펜을 들어 아무 말이나 막 써서 낸다.

바질이 오답만 내놓는다고 하기는 뭐하다. 걔는 그저 좀 어긋난 대답을 내놓을 뿐이다. 아니, 어긋난다는 말도 딱 들어맞진 않는다. 아주 거리가 먼, 막연한 대답을 해서 문제라고나 할까.

바질은 아예 딴세상에서 말을 한다. 자기 자신 외에는 아무도 묻지 않는 질문에 혼자서 대답을 한다. 무슨 말을 들으면 단어 하나에 꽂혀서 제멋대로 설(說)을 풀어 나간다.

나는 바질을 상대하면서 정말로 많은 것을 배웠다. 참, 녀석이 모나를 마음에 들어 하는 것 같다. 내가 보기에 둘이 이뤄질 가망성은 전혀 없지만. 걔는 일단 칫솔이라는 물건이 무엇에 쓰이는 건지부터 알아야 한다.

세 번째 인물은 앞의 아이들과 반대로 이 학교에 끝내주게 적응을 잘하고 있어서 눈에 띈다. 가증스러운 천재 소년 되시겠다. 나랑 좀 비슷하지만 나보다 더 짜증나는 스타일?

걔는 방정식을 먹고 산다. 첫 번째 학업 평가 결과를 보고서, 나한테는 신경 쓸 필요도 없다고 여기고 안심하는 눈치다. 녀석은 나와 바질에게 멸시 어린 미소를 날리고는 밉살스러운 소리까지 곁들였다. 걔도 모나를 주시하고 있었다. 그 이유는 바질과 상당히 다르다. 모나가 자기만큼 똑똑하다고 생각해서일 뿐, 여자로서의 매력과는 전혀 상관이 없다. 아직까지는 모나가 녀석을 제치지 못하고 아쉽게도 2등에 머물러 있다. 내 말이 안 믿기겠지만, 그 녀석 이름은 어처구니없게도 앙주(Ange, 천사)다.

선생님들은 아직 잘 모르겠다. 단, 수학을 가르치는 쿠르틀랭 선생님만은 예외다. 이미 엘로이즈 누나에게 쿠르틀랭 선생님 얘기는 귀에 못이 박히도록 들었다. 뭐, 사람으로 치지도 말라나. 별명은 파스드라파스(매나 독수리 같은 맹금류의 낯)……. 푹 꺼진 이마와 뾰족한 코도 참 그렇지만, 무엇보다 눈빛이 사람을 찌를 수도 있을 것처럼 매섭다.

쿠르틀랭 선생님도 맹금류처럼 썩은 고기를 먹고 산다. 더 정확하게는 공부 못하는 아이들을 먹고 산다고 해야 할까? 털이 다 빠진 머리통을 흔들어 대며 먹잇감을 부리로 세차게 쪼아 댄다.

모나는 쿠르틀랭 선생님을 보기만 해도 몸을 부들부들 떤다. 하지만 바질은 그 선생님에게 꽤 호감이 있는 눈치다. 이유는 도무지 모르겠다.

나쁜 점수를 몇 번 받아 왔더니 우리 집에서는 원자폭탄이 떨어진 것처럼 난리가 났다. 엄마는 자신만만하게 학교 홈페이지에 접속해서 성적표를 확인했다. 성적표의 창이 열리는 순간, 어찌나 놀랐는지 다른 아이 것을 잘못 연 줄 알았단다. 그럴 리가! 인증번호까지 입력하고 접속했는데…….

나는 소파에 앉아 초콜릿 우유를 빨대로 쪽쪽 빨아먹으면서 엄마의 움직임을 주시했다. 엄마는 세 번이나 컴퓨터를 재부팅해 가면서 성적표를 확인하고 또 확인했다. 하지만 모니터에는 매번 똑같이 치욕적인 점수가 떠오를 뿐이었다.

엄마는 나를 돌아보고는 애매하게 미소를 지으면서 모니터를 손가락으로 가리켰다. 아마도 내가 뭔가 잘못된 거라고, 그건 내 점수가 아니라고 말해 주기를 바라는 듯이. 그러나 내가 면목 없다는 듯이 고개를 푹 숙이자, 엄마는 이를 딱딱 부딪치며 온몸을 바르르 떨었다.

엄마가 그러는 모습은 난생처음 보았다. 전나무가 자랄 거라 예상했지만 실제로는 가문비나무가 많았던 해발 이천 미터의 알프스산에 올라 스키를 탈 때도 엄마는 추위라곤 전혀 느끼지 못해서 몸을 한 번도 떨지 않았다.

얼음처럼 차갑게 굳어 버린 엄마 몸에 피라도 돌게 하려면 무슨 말이라도 해야 할 것 같았다.

"요새 정신이 좀 없어서요."

엄마는 다시 모니터를 바라보았다. 점수는 참담했다. 누나 성적이라고 해도 믿을 판이었다.

엄마는 끓는 기름을 뒤집어쓴 사람처럼 삼십 초쯤 몸을 이상하게 뒤틀며 경련을 일으키다가 차츰 정신을 가다듬고 겨우 숨을 골랐다. 미소를 지으려는 듯했지만 아무래도 그건 무리인 것 같았다. 곧이어 뭔가 알아듣기 힘든 말이 엄마 입에서 새어 나왔다.

"뭐라고 하셨어요, 엄마?"

나는 부루퉁한 목소리로 되물었다.

엄마는 금세라도 숨이 넘어갈 듯한 목소리로 "왜?"라는 말만 되풀이했다.

"정신이 없었다니까요."

엄마는 내 입에서 해명다운 해명이 나오지 않으리라는 것을 알아차렸는지 스르르 일어나 거실에서 나갔다. 뒷걸음질로……. 그러면서도 나에게서 눈을 떼지 않았다. 마치 내게 들러붙은 마귀를 눈빛으로 몰아내기라도 할 것처럼.

곧이어 엄마가 서재에서 일하고 있는 아빠를 부르는 소리가 들렸다. 출산이 임박했을 때라면 모를까, 엄마는 아빠가 일하는 동안에는 절대로 방해를 하지 않았다.

엄마가 서재 문을 닫기 직전에 이렇게 말하는 소리가 들렸다.

"여보! 저기, 큰일 났어."

아빠는 나를 향해 미소를 참 많이 지었다. 눈만 들었다 하면 아빠가 부자연스럽게 경직된 미소를 나에게 날리고 있어서 난감하기 그지없었다. 그러나 나는 약해지지 않았다. 사춘기를 앞두고 방황하는 소년의 모습을 흔들림 없이 연기했다. 저녁 식사 시간에 내가 시금치를 남겼는데도 부모님은 아무 말도 하지 않았다.

저녁 식사가 끝난 뒤에 엘로이즈 누나가 생글생글 웃으면서 살

가운 표정으로 내게 다가왔다. 누나는 부모님이 나한테 무슨 일이 있는지 알아보라는 임무를 맡겼노라고 솔직히 고백했다. 누나에게는 다 털어놓을까, 하는 마음이 들어서 아주 잠깐 흔들렸다. 혼자 끌어안고 가기엔 너무나 무거운 비밀이었다. 갑자기 누나가 다정한 내 편, 그것도 꽤나 영리한 내 편이 될 것처럼 보였다.

그러다 한순간, 정신이 퍼뜩 들었다. 누나가 이 비밀을 알게 되면 그걸 무기로 삼아 나를 쥐락펴락할 게 뻔했다. 그건 절대로 안 된다. 속내를 털어놓을 상대로는 이 일기장 하나만으로 충분하다.

나는 괜히 앓는 소리를 했다.

"나도 모르겠어. 음, 중학교에 가서 그런가 봐."

누나는 내 작전에 곧바로 넘어왔다.

"맞아, 중학교 열라 짱나지?"

나는 누나가 평소에 하는 말을 최대한 그대로 옮기려 노력하고 있다. 혹시라도 우리 문명이 세균 때문에 멸망하고 나서 천 년이 흐른 후에 고고학자들이 이 시대 문서를 발견한다면 사전에 없는 단어가 수두룩해서 무척 곤란해할 거다. 애고, 그 고고학자들이 참 안됐다. 뭐, 자기가 맡은 일이니 어쩔 수 없다만.

"특히 수학 선생 때문에 미치겠어."

나는 한술 더 떠서 엄살을 부렸다.

"파스드라파스? 그 선생, 난 아예 사람으로 치지도 않을걸? 그래서 차라리 편해. 그래도 너 정도 되면 열라 쫄 텐데?"

나는 누나가 얼간이로 살아갈 때의 장점을 역설하는 것을 보고 하도 웃겨서 하마터면 뭐라고 말대꾸를 할 뻔했다. 하지만 아무 말도 하지 않는 편이 나을 듯해서 꾹 참았다. 지금은 내 작전에 확고한 힘을 싣는 것이 중요하니까.

이어서 누나가 속내를 털어놓았다.

"처음에는 네가 중학교에 가서도 눈알 튀어나오게 좋은 성적을 받아서 나랑 열라 비교되겠구나 생각했어. 이제 좀 안심인데?"

나는 일부러 멍한 표정으로 고개를 끄덕였다. 누나가 말은 그렇게 해도 정말로 나를 걱정하는 것처럼 보였다. 나의 연기 몰입도는 최고조에 달했다. 계획한 것도 아닌데 자연스럽게 얼굴을 팔에 묻고 흐느끼는 연기가 나왔다. 누나는 마음이 한껏 약해져서 내 어깨를 다정하게 토닥거려 주었다. 누나 손바닥이 내 따귀를 갈기는 대신, 이렇게 따뜻하게 내 몸에 와 닿은 적은 난생처음이지 싶다.

9월 16일

영재 학급에서 얼간이로 살아남기

또 한 주가 지났다. 일주일에 한 번이 이 일기의 자연스러운 리듬인가 보다. 하지만 질적인 개선이 있었다. 요즘은 중요한 사건이나 내가 나누었던 대화 내용을 수첩에 바로바로 적어 놓는다.

성적 얘기부터 해 보자. 일이 착착 풀리고 있다. 지난주보다 성적이 더 떨어졌다. 체육에서만 평균 점수를 받았다. 체육 성적은 나의 얼간이 작전에 크게 영향을 미치지 않는다. 그리고 그 정도는 해 두어야 나중에 부모님한테 나의 자존감 회복을 위해 축구팀에 들어가고 싶다는 말을 꺼낼 수 있다.

내 학교 성적 때문에 엄마는 다이어트를 하지 않았는데도 체중이 이 킬로그램이나 줄었다. 아빠는 매일 칼퇴근이다. 누나는 집에서 늘 웃는 낯을 보이는 데다 저녁상 치우는 일을 알아서 도맡는다. 아무도 인정하진 않겠지만, 나의 성적 하락은 집안 분위기를 크게 바꾸었다.

그리고 모나는 정말 특별한 여자애다. 점점 더 그 애한테 마음이 간다. 나는 내 파일의 표지마다 모나리자를 그려 넣었다.

나는 전에 모나가 말한 대로 늘 그 애 가방을 들고 함께 엘리베이터를 탄다. 학교 건물이 삼층밖에 안 된다는 게 아쉽다. 엘리베이터는 아주 좁아서 우리 둘이 딱 붙어 있어야 한다. 나는 늘 딴 데를 보는 척하지만 사실은 벽면 거울에 비치는 모나의 목덜미를 본다. 모나는 어디를 보는지 모르겠다. 우리는 평소에 얘기를 잘 나누다가도 엘리베이터만 탔다 하면 둘 다 말이 없어진다.

사실 우리는 별의별 얘기를 다 한다. 바질도 우리랑 자주 어울린다. 우리 둘만 있으면 어색할 수도 있는데, 바질이 끼어 있으면서 아무 말도 안 하니까 참 좋다. 또 다른 장점이 있다. 누나랑 학교 운동장에서 마주칠 때마다 셋이 항상 함께 있으니까, 누나는 내가 모나에게 특별한 감정이 있는 줄은 꿈에도 모른다.

모나가 있어서 음침한 중학교 생활이 환하게 빛나는 것 같다. 그런데 한편으로는 모나 때문에 생각지도 못했던 난관에 부딪히기도 한다. 일단, 모나는 내 성적을 두고 지나치게 걱정을 한다. 모나가 내 걱정을 해 주는 건 좋지만, 우리가 시험 점수를 확인할 때마다—다시 말해, 매일매일—나를 바라보는 눈길에 안타까움이 스며 있어서 내 마음이 너무너무 무거워진다.

모나는 인생 낙오자도 진심으로 좋아할 수 있을까? 동정심, 아니 더 나쁘게는 경멸감을 느끼게 되면 어쩌지? 모나도 틀림없이 그런 생각을 하면 괴로울 것이다.

어색한 침묵이 흐르는 엘리베이터 안에서 내가 느끼기로는 그렇다. 우리가 서로 뺨을 살짝 맞대는, 남들이 다 하는 인사를 아직까지 단 한 번도 하지 않은 이유도 어쩌면 그 때문인지도 모른다.

모나에게만은 가면을 벗어 던지고 내 작전을 실토해 볼까 생각하던 찰나, 그 애가 대뜸 이렇게 말했다.

"난 말이지, 뭐든지 쉽게 용서하는 편이야. 거짓말만 빼고. 거짓말은 용서가 안 돼. 몸서리가 쳐져."

그 순간, 내가 하고 싶었던 말이 목구멍으로 도로 쏙 들어갔다.

엄마의 두꺼운 청소년 심리학 책들을 들춰 보면서 알게 되었는데, 사람의 무의식은 뭔가를 알고 있으면서도 자기가 알고 있는지 모르는 경우가 있다고 한다. 모나가 그 말을 했을 때 딱 그런 기분이 들었다. 그 애가 무의식적으로는 내가 더러운 거짓말쟁이라는 사실을 알고 있을 것만 같은…….

하지만 무엇보다도 앙주가 거들먹거리는 꼴을 볼 때마다 속이 부글부글 끓는다. 수행 평가에서 앙주는 항상 모나보다 2~3점을 더 받는다. 특히 수학 과목에서 둘 다 실력이 팽팽한데, 파스드라파스가 은근히 둘의 경쟁을 부추긴다. 솔직히 내가 마음만 먹으면 앙주의 코를 납작하게 눌러 버리는 건 일도 아니다.

파스드라파스는 단원 평가를 할 때마다 유난히 어려운 문제를 꼭 하나씩 낸다. 복잡하게 배배 꼬인 방정식이라든가, 실제로 그릴 수 없는 도형이라든가, 뭐 그런 유의 문제다. 앙주는 이런 문제가 나올 때마다 용을 쓰지만 번번이 정답을 놓친다. 하지만 나는 항상 정답을 찾아내기에, 아무도 모르게 속으로만 뿌듯해한다.

영재들만 모아 놓은 학급에 나랑 바질이 끼어 있어서 선생님들도 꽤 난처한 모양이다. 하지만 무르기엔 이제 너무 늦었다. 우린 이미 한 배를 탔다. 갤리선에 몰래 몸을 실은 두 명의 밀항자처럼. 밀항자를 찾았다고 해서 당장 바닷물에 처넣을 수는 없지 않은가.

수요일에 부모님이 한 단계를 넘어섰다. 두 분은 나를 심리 상담사에게 데려갔다. 이것은 나 모르게 진행된 일이다. 나는 심리 상담을 받을 거라는 말을 한 번도 듣지 못했다. 둘이서 속닥속닥하다가도 내가 나타나면 입을 꾹 다물어 버리기에 뭔가 꿍꿍이가 있으려니 생각은 했지만. 두 분 얼굴에서 부모들 특유의 위선, 다시 말해

치아를 뽑거나 편도선 제거 수술을 받아야 하는 아이를 안심시키기 위해서 짓는 과장된 미소를 보고 진즉 알아차렸어야 했는데.

엄마 아빠는 무턱대고 갈 데가 있으니 차에 타라고 했다. 아빠는 시동을 걸면서 "이런!" 하고 소리를 내질렀다. 내가 미용실에 가서 수도승처럼 머리를 빡빡 밀고 나왔을 때 빼고는 아빠가 그런 소리를 내는 걸 본 적이 없었다.

엄마도 차에 탔다. 하긴 심각한 사안이니까. 모두 안전벨트를 맸다. 나는 아무것도 묻지 않는 게 좋겠다고 생각했다. 케케묵은 수법을 쓰는 사설 기숙 학교에 끌고 가는지도 모른다고 짐작하면서. 잘못을 저지르면 체벌도 하고, 독방에 격리시키기도 하는 옛날식 기숙 학교 말이다. 지금 끌려가면 만 18세나 되어서 폭삭 삭은 얼굴로 나오겠지. 모나는 절망에 빠진 나머지, 그사이에 바질하고 결혼해 버릴지도.

"다 왔다."

엄마가 말했다.

잠시 후, 우리는 아이들이 그린 그림으로 아기자기하게 꾸며 놓은 대기실에 앉아 차례를 기다렸다. (빨간색으로 마구 그려 놓은 윤곽선으로 보건대, 뭔가 심리적 문제가 있는 아이들이 그린 작품 같았다.) 다행히 기숙 학교가 아니라 청소년 심리 상담소였다.

한참 뒤에 상담실 문이 열리고, 우리 엄마보다 훨씬 세련된 인상의 아줌마가 명랑한 표정으로 나왔다. 엄마 아빠는 자리에서 벌떡 일어났지만 심리 상담사 선생님이 대기실에서 기다려 달라고 부탁했다.

"닐스 나이 정도면 자기 문제를 충분히 스스로 설명할 수 있어요."

"그래도……."

엄마가 무슨 말을 하려고 했다.

"아버님 어머님은 잠시 뒤에 뵐게요."

선생님이 내 이름을 알고 있었다. 나 모르게 이미 많은 얘기가 오간 모양이었다. 선생님은 나에 대해서 나름대로 진단을 내렸을 것이다. 어쩐지 내 작전이 통하지 않을 듯했다. 선생님은 프로니까. 차라리 다 얘기해 버리면 이 선생님한테 시달리는 일은 면할 수 있지 않을까.

선생님은 책과 서류가 그득한 책상 앞에 앉았다. 커다란 흰색 전화기가 전화벨이 울리기라도 하면 당장 떨어질 듯 받침대 모서리에 아슬아슬하게 걸려 있었다. 선생님은 수첩을 자기 앞에 가져다 놓고 볼펜을 들었다.

"자, 얘기를 들어 볼까?"

선생님은 내가 심리학 개론서를 벌써 다 읽었을 뿐 아니라, 무의식의 존재까지 안다는 사실을 모를 것이다. 나의 몸짓 하나하나, 쭈뼛거리는 태도, 목청을 고르는 헛기침 등이 선생님 머릿속에서 낱낱이 해석되어 '부모님 속을 썩이고 싶어서 안달 난 어설픈 연기자'라는 내 정체를 결국 까발리고 말 터였다. 나는 문득 세상에서 거짓말이 제일 싫다는 모나의 말을 떠올렸다.

"무슨 생각을 그렇게 하니?"

단순한 심리 상담사가 아니었다. 이 선생님에게는 묘한 능력이 있었다. 내 마음속에서 일어나는 움직임을 다 들여다보는 것 같았다. 나는 천천히 심호흡을 하면서 마음을 가라앉혔다.

"닐스, 나는 너를 도우려는 사람이지 판단하는 사람이 아니야."

이것 봐, 내 생각을 읽고 있는 게 틀림없다니까. 어쨌든 선생님은 어떤 경우에도 화내지 않고 내 말을 끝까지 들어주겠다고 덧붙였다. 순간, 나는 전부 다 털어놓을 뻔했다. 하지만 꾹 눌러 참았다. 앞으로 이보다 더한 시험이 많을 텐데, 이 정도로 무너져서야 되겠는가. 나는 더 강해져야 한다.

"마음이 잡히지 않아요."

나는 입을 벌리는 둥 마는 둥 하면서 대충 그렇게 둘러댔다.

내가 별 말을 한 것도 아닌데, 선생님은 뭔가 확 꽂힌 듯했다. 미친 듯이 수첩에다 뭐라고 한참을 휘갈겨 썼다. 나는 선생님의 열띤 반응에 용기를 얻어서 주로 '내가 겪는 어려움'을 강조해 가며 중학교 생활을 간략하게 설명했다.

"잠은 잘 자니?"

뭐라고 대답하나? 당연히 잘 못 잔다고 해야지. 악몽을 자주 꾼다고 할까? 그래, 악몽! 그거 좋다. 나는 잠을 자려고 눈을 감으면 무서운 괴물이 떠오른다고 대답했다. 괴물의 인상착의는 파스드라파스와 비슷하게 묘사했다. 선생님은 몸서리를 쳤다.

"그래, 이제 부모님을 들어오시게 해야겠구나. 그렇지?"

내가 이렇다 저렇다 할 사안은 아니었다. 나는 어깨를 으쓱해 보였고, 선생님은 자리에서 일어나 부모님에게 문을 열어 주었다. 아빠 엄마는 장기간 인질로 붙잡혀 있던 자식을 찾으러 오는 사람들처럼 표정이 자못 심각했다.

엄마는 의자에 앉기도 전에 성급하게 질문을 던졌다.

"그래, 어떤가요?"

엄마 목소리는 희망 반 두려움 반으로 떨리고 있었다. 아빠는 말없이 손가락 관절만 우드득우드득 꺾어 댔다.

"닐스는 너무 짓눌려 살고 있어요."

선생님은 눈살을 약간 찡그린 채 아빠 엄마의 얼굴을 차례로 바라보았다. 아빠가 마른기침을 했다.

"애가 숨은 쉬고 살아야죠. 밖에 나가 바람도 좀 쐬고, 놀면서 긴장도 좀 풀게 해 주세요. 사실, 얘 나이 때는 그래야 합니다. 공부도 중요하지만 그게 전부가 되어선 안 돼요."

선생님 말씀이 딱 알맞은 온도로 데운 꿀물처럼 감미롭게 내 귀에 다가왔다. 그러나 이 꿀물에 취하면 안 된다. 유전자 조작 꿀이려니 생각하고 경계심을 늦추어선 안 된다.

"그럼…… 성적은요?"

엄마가 근심이 잔뜩 배인 목소리로 물었다.

"걱정하지 마세요. 몇 달 후에 결과를 보고 얘기하면 어떨까요?"

돌아오는 차 안에서 부모님은 한마디도 하지 않았다. 하지만 그날 저녁, 내가 잠자리에 들어야 하는 시각인 10시가 되었는데도 빨리 자라고 잔소리를 하지 않고 영화를 보게 내버려 두었다.

나는 하도 좋아서 웃음이 막 비어져 나오려고 했다. 그 심리 상담사 선생님이 내 힘으로 잘 안 되는 부분을 해결해 줄 수 있을 것 같았다. 엄마 아빠는 최신 영화는 너무 폭력적이라는 둥 영양가가 없다는 둥 하면서 무조건 못 보게 했다. 그래서 나는 〈스파이더맨〉 시리즈를 한 편도 못 봤고 〈판타스틱 4〉도 못 봤다. 좀비나 에일리언이 나오는 영화도 본 적이 없었다. 우리 집 바로 옆에 DVD 대여점이 있었다. 뭐부터 봐야 할지 모르겠지만, 어쨌거나 소원 성취하게 생겼다.

“오늘은 역사 채널에서 로마네스크 교회 복원에 대한 다큐멘터리 영화를 해. 신문에서 봤는데, 굉장히 훌륭한 다큐멘터리라더라.”

엄마는 텔레비전을 켜면서 그렇게 말했다. 엄마 아빠는 나더러 앉으라는 듯 소파의 가운데 자리를 남겨 두고 양 끝에 앉았다. 엘로이즈 누나는 눈치를 살피다가 머리가 아프다는 핑계를 대고 자기 방으로 슬그머니 내뺐다.

9월 20일

사랑의 슬픔

정말이지 굉장한 일이 있었다. 모나가 나를 자기 집에 초대했다.

학교 식당에서 함께 매시드 포테이토를 퍼먹고 있었는데, 모나가 지나가는 말처럼 자기 집에 오라고 했다. 나에게는 로마 건국(기원전 753년)보다 더 역사적인 사건이었다. 그야말로 이 사건은 얼간이로 살기로 작정한 것이 얼마나 잘한 일인지를 알려 주는 뚜렷한 증거 같았다. 팍팍하기만 하던 내 삶이 바야흐로 장미꽃밭으로 바뀔 모양이었다. 이제 나도 축구나 하고, 텔레비전에서 영화나 보면서 지내는 거다! (이제 엄마 아빠도 로마네스크 교회를 다룬 다큐멘터리는 나의 우울증을 악화시킬 뿐이라는 사실을 충분히 이해했을 거다.)

어쩌면 모나의 방에서 그 애와 뽀뽀를 할 수 있을지도 모르겠다.

하지만 다음 순간, 귓가에서 꿈 깨라는 소리가 커다랗게 울렸다. 모나는 나의 수학 공부를 봐줄 생각이었단다.

"우리, 기본부터 차근차근 시작해 보자. 너, 계속 이래선 안 돼. 이건 너무 부끄러운 일이야. 내가 복습 계획을 짜 봤어. 네가 이대로 몇 주만 잘 따라와 준다면 최소한 쉬운 문제 정도는 틀리지 않을 거야."

모나가 진심으로 측은해하는 마음이 느껴졌다. 나는 그러겠다고 했다. 그다음부터 우리는 아무 말 없이 매시드 포테이토만 먹었다.

오후에 엄마가 나를 모나네 집까지 데려다 주었다. 요즘의 엄마는 그 전에 내가 알던 우리 엄마가 맞나 싶다. 내가 뭘 하고 싶다든가, 뭘 하겠다든가, 얘기만 하면 내 말이 끝나기가 무섭게 그래그래, 하면서 무조건 들어준다. 마치 나에게 이것저것 허락해 주고 싶은 마음을 오랫동안 억누르고 살다가 풀어 놓은 것처럼, 요즘은 뭐든지 다 괜찮다고 한다.

물론 누나가 이런 기회를 놓칠 리 없다. 누나는 요즘 외출이 부쩍 잦다. 걸핏하면 춤을 추러 다니는 데다, 괴상한 머리 모양을 하고 있는 형들이랑 어울린다. 그 형들이 몰고 다니는 스쿠터 소리가 우리 집 대문 밖에서 요란하게 울려 대기 일쑤다. 그런데 누나를 이렇게까지 풀어 줘도 되는 건지 솔직히 잘 모르겠다.

어쨌든 모나와 개네 엄마는 우리를 반가이 맞아들였다. 모나 엄마는 굉장히 싹싹하고 친절했다. 우리 엄마를 좀 안됐어 하는 게 아닌가 싶었다. 모나 엄마는 절대로 나처럼 덜떨어진 아이를 키우고 싶어 하지 않는다는 게 느껴졌다. 마치 나를 숲에서 우연히 발견한 늑대 소년처럼 생각하는 것 같았다.

"그러니까 네가 그 유명한 닐스구나?"

모나 엄마는 내가 잘못 알아들을까 봐 그러는지 과장되게 또박또박 말을 했다.

나와 엄마는 천천히 고개를 끄덕였다. 우리가 동시에 고개를 끄덕이는 모습을 바라보는 모나의 눈빛은 다소 혼란스러워 보였다. 그 애가 언젠가 결혼을 결심할 만큼 나를 사랑하게 되더라도 우리 가족의 유전자가 자기 집안의 유전자와 섞인다는 사실 때문에 선뜻 마음을 정하지 못할지도 모르겠단 생각이 들었다. 다행히도 모나는 금세 미소를 지으며 내 손을 잡아끌었다.

"우리는 공부해야지."

곧 방문이 닫혔다. 그와 동시에 내 머릿속에서 엄마 생각은 까마득히 달아나 버렸다.

혀를 낼름 내밀고 있는 아인슈타인의 사진을 제외하면 과학을 유난히 좋아하는 모나의 성향이 잘 반영되어 있지는 않은 것 같았다. 벽에는 이른바 섹시하다는 남자 아이돌 가수들의 포스터가 여러 장 붙어 있었다. 그런데 그게 하나같이 별로였다.

"일차 방정식부터 확인해 보자. $7x-13=2x+14$는?"

나는 머리를 긁적거렸다. 정말이지, 모나 앞에서, 그것도 내가 온다고 열심히 청소한 티가 물씬 나는 방에 단둘이 앉아서 연기를 하고 있기가 참 힘들었다. 밝은 색상의 원목 책상에서 나무 냄새가 났다. 나는 모나와 둘이서 숲 속을 걷다가, 그 애가 툭 튀어나온 나무뿌리에 발이 걸릴 때마다 손을 잡아 주고 싶었다. 우리 둘이서 통나무집을 짓고 산다면 얼마나 행복할까.

모나는 한숨을 쉬었다.

"그래, 알았어. 더 쉬운 것부터 해 보자. $5-4x=3$은?"

우리는 꽤 오랫동안 공부했다. 정말로 몰라서 헤매는 아이처럼 보이려면 답을 말하기 전에 시간을 얼마나 끌어야 하는지 가늠이 안 되었다. 어쨌든 내가 초등학생 수준보다 조금 높은 문제를 간간이 맞히기만 해도 모나의 얼굴이 환하게 빛났다.

"넌 할 수 있어. 난 그렇게 믿어!"

모나는 참을성이 많고, 꼼꼼하고, 열성적이었다. 모나도 내 입장이었으면 몰라서 못 푸는 척하기가 얼마나 힘든지 이해할 거다. 불현듯 그런 생각이 들었다. 내가 열심히 노력하는 모습을 보면서 모나가 저렇게 기뻐하는 이유는, 자기도 어렸을 때 엄청나게 노력을 해서 가까스로 지금처럼 자기 힘으로 걸어 다닐 수 있게 되었기 때문이리라는……. 내 경우는 거짓 노력이지만, 모나는 그야말로 뼈를 깎는 노력을 기울였겠지. 그렇게 생각하자 목구멍에 뭐가 걸린 듯 가슴이 뻐근해 왔다. 그리고 왠지 부끄러웠다.

나도 모르게 모나의 다리를 뚫어져라 바라보고 있었나 보다. 모나가 미소를 지었다.

"아직도 궁금해?"

나는 좀 더 바보스러운 표정을 지으려고 했지만 그 상황에서는 그러기가 힘들었다.

"뭘?"

"내가 다리를 저는 이유 말이야."

나는 그냥 어깨를 으쓱했다.

"나는 예정일보다 많이 빨리 태어났대. 신경계가 채 완성되기도 전에."

나는 무슨 말인지 다 알아들었다는 표정을 지었다.

"그러니까 너무 앞서가면 나중에 되레 처질 수도 있어. 나도 따뜻한 엄마 배 속에 몇 주만 더 있다 나왔으면 얼마나 좋았겠어? 하지만 나는 다른 아이들과 전혀 다를 바 없이 살고 있어. 그저 별을 쳐다보며 오래오래 걷는다든가, 몇 시간이고 신나게 춤을 춘다든가, 마라톤에서 우승을 한다든가, 그런 게 불가능할 뿐이야."

모나가 하도 슬퍼 보여서 나는 몸 둘 바를 몰랐다. 내가 몸을 배배 뒤틀자 모나가 미소를 지었다.

"이제 그만할까?"

나는 얼른 고개를 끄덕였다.

"그래, 이만하면 많이 한 것 같다. 너, 다음 시간까지 일차 방정식 완벽하게 공부해 와. 알았지?"

'다음 시간'. 다음 시간이 있단 말이지? 그 생각을 하자 모든 근심 걱정이 싹 사라졌다. 나는 열심히 공부하겠다고 약속했다. 그다음에는 둘이서 이런저런 수다를 떨었다. 시간이 쏜살같이 흐르고, 어느새 엄마들이 문틈으로 고개를 들이밀었다.

"공부 잘했니?"

우리 엄마가 물었다.

"그럼요!"

모나가 자신 있게 대답했다.

그걸 보고 모나도 나랑 같이 있는 게 지루하지는 않았나 보다, 라고 생각했다. 우리 사이엔 정말로 뭔가가 있는 게 틀림없었다. 하지만 모나는 절대로 바보 멍청이와 데이트를 하지 않을 것이다. 나는 하마터면 내가 시험에서 몇 점을 받으면 뽀뽀를 해 줄 거냐고 물어볼 뻔했다.

집으로 돌아오는 길에 차 안에서 나는 모나가 했던 말을 계속 곱씹었다. 처음에는 그 애가 하는 말이 그냥 다 황홀하고 좋기만 했다. 모나의 말은 씹으면 씹을수록 단물이 빠지는 추잉 껌과 달리, 자꾸 곱씹을수록 더 깊은 맛이 났다. 모나가 하는 말에는 울림이 있었다.

그 애는 작가가 되고 싶단다. 모나는 무슨 일을 하든 늘 메모를 해 두었다가 재미있는 이야기를 만들어 냈다. 우리 중학교도 좋은 글감이 되었다고 했다. 평행 우주에서 우리 우주로 건너온 비밀 요원 파스드라파스가 지구에서 제일 똑똑한 아이들을 점찍어 두었다가 납치해서 자기네 우주로 데려간다는 줄거리였다. 재수 없이 끌려간 아이들은 그 우주에서 과학 기술을 발전시키기 위한 연구에 강제로 동원된다나.

"그다음에 파스드라파스가 납치한 아이들에 대한 기억을 다 지워 버리는 거야. 아무도 그 애들이 있었다는 사실을 기억하지 못하고, 그 애들의 사진까지도 전부 삭제되지. 그런데 어떤 용감한 중학생이 뭔가 잘못됐다는 것을 눈치채고 그 애들을 찾아 나서는 거야. 이 용감한 주인공은 천재적인 두뇌의 소년은 아니야. 처음에는 오히려 좀 덜떨어진 아이처럼 보이지. 다른 친구들은 그 애를 바보 취급해. 하지만 이 소년이 어마어마한 비밀의 열쇠를 쥐고 있어."

"누구를 모델로 삼았는지 알 것 같아."

나는 배짱 좋게 한번 말해 보았다.

"당연하지. 아는 사람은 다 알 거야, 바질이 모델이라는 거. 하지만 주인공 이름은 다르게 붙여야지."

집으로 돌아가는 차 안에서 모나가 앞으로 쓸 소설을 머릿속으로 그리다가 나는 그만 결정적으로 사랑에 빠져 버렸다. 내가 여자애를 좋아하게 될 때는 항상 그런 식이다. 가랑비에 옷 젖듯 서서히 마음이 깊어진다. 모래가 한 알 한 알 쌓여서 어느새 언덕을 이루듯이. 하지만 어느 시점부터 모래가 언덕을 이루는지는 모른다. 어느 날 갑자기 사랑에 빠진 걸 깨닫는다. 그리고 아파하기 시작하는 거다.

눈가가 뜨뜻미지근해지더니 이내 엄마가 흐릿하게 보였다. 엄마는 내 쪽을 슬쩍 돌아보고는 걱정에 휩싸이기 시작했다.

"너 괜찮니? 좀 이상해 보이는데?"

그 순간, 모나가 미치도록 보고 싶었다. 모나의 방, 모나의 책상, 모나의 포스터, 아인슈타인 액자, 심지어 일차 방정식까지도 사무치게 그리웠다. 엄마에게 차를 돌려 달라고 말할 뻔했다. 혹시 심리 상담사 선생님이 적극적으로 나서 준다면, 모나네 집에서 나를 입양해 주지 않을까?

"닐스? 도대체 무슨 일이야?"

나는 내 마음을 가만히 들여다보았다. 왜 중학교에 들어간 다음부터 주위 사람들에게 진실을 곧이곧대로 말할 수 없게 되었을까?

"아무것도 아니에요. 머리를 열라 썼더니 피곤하네요."

"꼭 그런…… 표현을 써야만 하니? 닐스, 너 정말 많이 변했구나."

이따금 옛날 엄마가 새로운 엄마를 밀고 튀어나온다. 나는 좀 더 부루퉁하니 삐친 표정을 지었다. 부모님이 잔소리를 늘어놓을 때마다 누나가 어떻게 반항하는지 기억을 더듬어 떠올렸다.

"알았어요! 됐죠?"

됐다. 평범한 말도 이런 식으로 내뱉으니까 되게 심한 욕설 같다. 엄마의 아래턱이 바르르 떨렸다. 어떻게 내 입에서 이런 말이 막 튀어나올 수가 있지? 난 이제 더 이상 엄마의 귀염둥이가 아닌 건가? 엄마의 강아지, 엄마의 보물단지가 아닌가?

나도 여드름이 부숭부숭하고, 길에서 침이나 뱉고, 시도 때도 없이 휴대폰을 붙잡고 킬킬대고, 카펫에서 뒹굴뒹굴 빈둥대는 남자애가 되는 건가? 엄마는 결국 내 교육에 실패한 건가? 집에 도착할 때까지 그런 물음들이 마구 떠올랐지만 모나에 대한 생각이 더 끈질겼다.

저녁을 먹고도 괜히 열에 들떠 있다가 그만 실수를 저질렀다. 누나에게 내 마음을 털어놓은 것이다. 어쩌다가 일이 그렇게 됐는지 모르겠다. 누나 방에 들어가 보니 음악을 들으면서 춤을 추고 있었다. 나는 누나 귀에서 이어폰을 잡아 뺐다.

누나가 뭐라고 하기 전에 대뜸 모나에 대한 얘기를 꺼냈다. 모나라는 아이에 대해서 대충 설명만 한다고 했는데, 어느새 자정이 되고 말았다. 부모님은 아주 차분하게 이제 그만 잠자리에 들어야 하지 않겠느냐고, 수면 부족은 비만과 당뇨의 원인이 된다고 말했다.

우리는 엄마 아빠에게 나가 달라고 했다. 엘로이즈 누나는 나의 고백에 자극을 받았는지 자기 얘기를 슬쩍 꺼냈다. 누나에게 남자 친구가 생겼단다. 그 남자 친구랑 몰래 자주 만나고 있다나.

남자 친구 이름은 이폴리트라고 했다. 이름을 듣는 순간, 왠지 모르지만 웃기다는 생각이 들었다. 낮에 쌓인 피로와 긴장이 어느새 다 풀린 모양이었다.

"이폴리트라니! 뭔 놈의 이름이 그렇게 바보 같아?"

누나가 나를 죽일 듯이 째려보았다. 그래, 내가 실수한 거다.

잠시 후, 나는 얼얼한 뺨을 붙잡고 내 방으로 돌아왔다. 하지만 자존심 때문에라도 누나에게 잘못했다는 말은 하고 싶지 않았다.

내 말이 뭐 틀렸나? 바보 같은 이름 맞잖아! 이폴리트가 뭐야?

9월 23일

사악한 호기심

별로 자랑할 만한 일은 못 되지만 끝내주게 통쾌했던 에피소드를 하나 얘기하고 가겠다. 모나와 나는 그 일을 '멧돼지 사건'이라고 부른다.

앙주가 시험을 칠 때마다 손을 가방에 잠깐 집어넣었다가 빼고 난 뒤에 펜을 잡는 모습을 여러 번 보았다. 내가 보기에는 뭔가를 만지작거리는 것 같았다. 그러다 한번은 언뜻 갈색 털 뭉치 같기도 하고 새끼 고양이 머리 같기도 한 것을 보았다.

아무것도 모르는 동물을 학교에까지 데려와 시험을 볼 때마다 한 번씩 쓰다듬어야 마음이 안정이 되나? 저 자식이 제정신인가? 하긴, 원래 챔피언들은 미신이나 징크스에 집착하는 경향이 있긴

하다. 그렇다면 내가 앙주의 아킬레스건을 발견한 셈인가?

쉬는 시간에 다른 아이들이 다 나갈 때까지 기다렸다가 녀석의 가방을 슬쩍 뒤져 보는 건 거의 식은 죽 먹기였다. 내가 또 뭐 찾는 데는 선수다. 눈 깜짝할 사이에 폭신한 털 뭉치 같은 것을 꺼내어 내 웃옷 안에 감추었다. 다행히 야옹야옹 울거나 날카로운 발톱으로 할퀴지는 않았다. 털이 군데군데 빠졌는지 촉감이 좀 이상했다.

나는 화장실로 가서 전리품을 꺼내 보았다. 초록빛이 감도는 형광등 불빛 아래에서 갑자기 숨이 턱 막혔다. 눈곱이 잔뜩 낀 눈 하나가 나를 노려보고 있었다. 다른 쪽 눈알은 빠지고 없었다. 귀도 달아난 데다 심지어 여기저기 찢어져 있었다. 그렇지만 자그마한 멧돼지 인형이라는 것만은 한눈에 알아볼 수 있었다. 정말 오래된 인형 같았다. 태어나서 처음 받은 인형, 아기 때부터 허구한 날 물고 빨았을 법한 인형.

앙주는 이 오랜 친구를 잠시도 떼어 놓을 수 없었나 보다. 시험을 칠 때마다 이 친구에게 의지해야 했나 보다. 요놈이 없으면 그 녀석도 무너지겠지? 나는 멧돼지 인형을 따로 챙겨 두었다.

그런데 이런 식의 압박 수단을 쓸 때에는 좀 깊이 생각을 했더라면 더 좋았을 듯싶다. 아니면 모나랑 상의라도 했든가. 앙주가 운동장에서 그렇게 고깝게 굴지만 않았어도, 언제 봐도 밥맛없는 그 미소를 나에게 날리지만 않았어도, 나는 틀림없이 인형을 녀석의 가방에 도로 집어넣었을 것이다. 하지만 결국은 나의 사악한 호기심이 이기고 말았다.

쉬는 시간이 끝나고 국어 수행 평가가 있었다. 서사 구조의 4단계가 잘 드러나도록 이야기 한 편을 만드는 것이었다. 앙주는 문과보다는 이과 체질이다. 녀석은 분명히 그 어느 때보다 더 신비한 힘에 의지하고 싶을 터였다. 나는 앙주가 어떻게 되는지 보고 싶었다. 그래서 일부러 멧돼지 인형을 돌려주지 않았다.

여느 때처럼 앙주는 가방에 손을 쑥 집어넣었다. 나는 앙주의 손을 흥미로운 시선으로 주시했다. 그 손은 주인과 별개로 살아 움직이는 듯했다. 처음에는 가방 깊숙이 파고드는가 싶더니, 아무것도 잡히지 않으니까 사방으로 미친 듯이 휘젓기 시작했다. 공책과 파일은 물론, 각종 유인물 뭉치 사이까지 샅샅이 헤집었다. 그래도 그 손이 찾는 물건은 끝내 잡히지 않았다.

앙주는 제 손을 가방에서 꺼내어 기묘한 표정으로 뚫어져라 바라보았다. 마치 제 손을 추궁하는 듯한 표정이었다. 잠시 후, 앙주는 도리질을 하고 다시 손을 가방에 집어넣었다. 아까보다 더 집요하고 더 요란한 수색이 시작되었다.

급기야 선생님이 눈살을 찌푸렸다. 다른 아이들은 이미 글을 쓰기 시작해서 서사 구조의 2단계까지 와 있었다. 배경과 주인공 설정을 끝내고 최초의 사건을 묘사하는 단계 말이다. (주인공은 대개 가난하지만 용감하고 젊은 농부다. 18단계쯤 가면 출생의 비밀이 드러난다. 이 농부가 사실은 왕자로 태어났는데 갓난아기 때 도적들에게 납치당했다가 버려졌다는……. 이 왕자가 20단계쯤 가면 한 재산을 챙기고 아름다운 공주를 아내로 맞이한다.)

앙주는 한 줄도 쓰지 못하고 있었다. 손은 여전히 가방 속을 헤매느라 바빴다. 그 바람에 루빅 큐브가 가방에서 튀어나와 바닥에 툭 떨어졌다. 짜증 섞인 한숨 소리가 여기저기서 새어 나왔다. 바질은 우리 반에 자기 말고도 물건을 떨어뜨리는 사람이 있다는 사실에 놀라 어리둥절한 표정을 지었다.

앙주는 몸을 파르르 떨고 있었다. 나는 확신이 섰다. 멧돼지 인형이 없으면 앙주는 쪽도 못 쓴다는 것을. 녀석의 힘을 빼앗는 확실한 방법을 알아차린 셈이다. 물론 멧돼지 인형을 영원히 돌려주지 않는 것만으로도 녀석을 완전히 엿 먹이기에는 충분했다. 하지만 뭐가 씌었는지 나는 굳이 하지 않아도 될 일을 저질러 버렸다.

나는 멧돼지 인형을 번쩍 쳐들고 큰 소리로 외쳤다.

"이걸 찾는 거야, 앙주? 아까 네 가방에서 떨어졌거든."

그 순간, 아이들이 일제히 멧돼지 인형을 쳐다보았다. 그런 식으로 모두의 눈앞에 벌거벗겨진 인형은 한층 더 추해 보였다. 성한 데가 하나도 없고, 망가질 대로 망가져서 되레 측은할 지경이었다.

나는 앙주가 과연 자신의 오랜 친구를 부정할 수 있을지 궁금했다. 앙주는 잠시 멈칫했다. 아주 길게 느껴지는 그 잠깐의 시간이 나는 몹시도 행복했다. 그러나 그 부적에 대한 앙주의 집착은 장난이 아니었다.

아주 잠깐이지만 녀석도 멧돼지에게 의지하지 않고 혼자 삶을 헤쳐 나갈 생각을 했는지도 모르겠다. 순간적으로 녀석의 얼굴이 공포로 일그러졌다. 녀석은 부들부들 떨면서 손을 내밀었고, 나는 배려심 넘치는 미소를 지으며 인형을 건네주었다.

반 아이들이 키득키득 숨죽여 웃었다. 선생님은 조용히 하라고 책상을 한 번 쿵 하고 내리쳤다.

앙주는 허겁지겁 글을 쓰기 시작했다. 녀석이 만든 이야기 속의 왕자는 아마도 악몽 같은 사십오 분을 보냈을 것이다.

나는 그렇게 죽어도 잊히지 않을 만큼 원한 깊은 적을 한 명 만들고 말았다.

9월 24일

수학 답안지 바꿔치기

막막한 상황에 빠지고 말았다. 너무 많은 일이 걷잡을 수 없이 일어나 버렸다. 발단은 수학 경시 대회 준비였다.

파스드라파스가 매년 열리는 전교생 대상의 수학 경시 대회가 머지않아 있을 거라고 했다. 수학 경시 대회의 우승은 굉장히 명예로운 거라고 했다. 우리 학교 강당에서 따로 시상식을 할 뿐만 아니라 대회를 후원하는 은행에서 우승자 이름으로 상금 계좌를 만들어 주고 성인이 되면 찾아 쓸 수 있게 해 준단다. 역대 우승자들은 대개 공부로 이름깨나 날렸을뿐더러, 현재 손꼽히는 기업에서 요직을 차지하고 있다나. 우승자 이름은 우리 학교 운동장 명예의 전당에 올라간다고 했다.

그 대회에 대해서는 이미 다들 들어서 알고 있었다. 하지만 지금까지는 부정 탈까 봐 선불리 말을 꺼내지 않았다. 아무나 참가할 수 있는 대회가 아니었다. 웃음거리가 되려고 자초할 일 있나? 하지만 파스드라파스는 모두에게 기회가 공평하게 돌아가야 한다면서 학급 전원에게 수학 경시 대회를 준비시키겠다고 했다.

선생님이 대회 규정에 대해서 설명하는 동안, 앙주와 모나는 자못 심각한 얼굴로 집중을 했다. 수학 경시 대회는 단 한 번의 시험으로 치러지며, 파스드라파스가 출제한 문제를 풀면 되었다. 파스드라파스가 여름 휴가 때 알프스 산에 오르면서 장시간 고심해서 문제를 만들었단다. 상쾌한 산 공기가 자신의 상상력을 한껏 자극했다며 너스레를 떨었다.

파스드라파스는 금이 간 욕조에 떨어지는 물방울, 연착된 기차, 서로 반대 방향으로 부는 두 줄기의 바람, 표준 시간대가 서로 다른 지역 등이 나오는 서술형 문제를 즐겨 내었다. 문제를 푸는 데 필요 없는 정보나 가짜 단서가 잔뜩 섞여 있어서 함정을 피하기가 만만치 않았다. 도형 감각이나 계산 능력만 가지고는 어림도 없었다. 파스드라파스가 내는 문제는 상상력과 통찰력, 직관력, 주의력을 모두 요구했다. 우수 답안이 여럿 있을 때에는 가장 명쾌하고 근사한 추론 과정을 보여 준 것을 일등으로 뽑는단다.

파스드라파스의 눈이 반짝반짝 빛나고 있었다. 그의 설명을 귀담아듣는 모나의 눈도 반짝반짝 빛났다. 모나가 수학 경시 대회에 관심이 있으리라고는 짐작했지만 그렇게 무아지경에 빠질 줄은 몰랐다. 그 순간만큼은 모나가 내 존재도 잊어버린 것 같았다.

앙주는 모나에게 밉살스러운 미소를 날렸다. 마치 '그래, 꿈이라도 실컷 꿔라. 꿈꾸는 건 자유니까. 네가 아무리 아등바등해 봤자 2등 하면 잘하는 거야.'라고 말하는 듯이.

앙주가 제대로 봤다. 앙주를 가루가 되도록 폭삭 무너뜨릴 사람은 나밖에 없었다. 그런데 아쉽게도 지금은 나설 수가 없었다.

나는 쉬는 시간에 모나의 마음을 편하게 해 주려고 애썼다.

"앙주가 우승을 하면 파스드라파스가 납치해서 다른 천재 소년들이랑 함께 평행 우주로 끌고 갈 거야."

"웬 평행 우주?"

바질이 갑자기 관심을 보였다.

"아, 모나의 아이디어야. 모나가 소설을 쓰려고 하는데……."

나는 더 이상 말을 잇지 못했다. 모나가 고개를 홱 돌리더니 화난 눈으로 쏘아보았기 때문이다.

"대단해! 비밀을 참 잘도 지키는구나? 기억해 둘게."

모나는 나 없이도 엘리베이터를 탈 수 있다고 덧붙이고는, 그 애가 할 수 있는 한 최대한 빠른 걸음으로 총총히 가 버렸다.

엎친 데 덮친 격이라더니, 하필이면 그 순간에 누나가 나타났다. (우리를 엿보고 있었던 게 틀림없다.) 누나는 골룸 같은 얼굴을 하고선 보란 듯이 코웃음을 쳤다.

"생각처럼 안 풀리나 봐?"

바질은 엘로이즈 누나를 보고 당황한 표정을 짓더니 이내 시선을 나에게로 돌렸다.

"그런데 평행 우주는 뭐야?"

나도 그동안 쌓일 대로 쌓인 게 터졌다. 바질에게 마구 고함을 질렀다. 가엾게도 바질은 도리질만 했다. 애꿎은 피해자 특유의 표정이 내 화를 더 돋우었다. 나는 언어 폭력이라고 해도 좋을 만큼 심한 말을 퍼붓고 나서야 겨우 마음을 조금 가라앉혔다.

바질에게 무뇌아, 새 대가리, 뭐 그런 말을 했던 것 같은데 정확히 기억나지도 않는다. 어쨌든 바질은 처연하게 고개를 끄덕였고, 나는 나 자신에게 정나미가 뚝 떨어졌다. 나 자신이 혐오스러워 견딜 수가 없었다.

하지만 더 큰 문제는 그다음에 일어났다.

쉬는 시간이 끝나고 교실에 올라와 보니 안 좋은 일이 기다리고 있었다. 역사 선생님이 결근을 해서 파스드라파스가 대신 수업에 들어온 것이다.

"불안해할 것 없다! 한 시간이라도 그냥 흘려보낼 수야 없지. 내가 기꺼이 대신 들어오겠다고 했다. 나야 늘 너희가 중요한 시험을 대비할 수 있는 연습 문제를 풍부하게 보유하고 있으니까. 자, 다들 풀어 봐라. 사십오 분 후에 답안지를 걷어 가겠다."

파스드라파스는 문제지를 아이들에게 나눠 주었다. 모두들 찍소리도 못 하고 문제 풀이에 매달렸다.

그리고 참담한 실수가 있었다. 사실 나는 제정신이 아니었다. 모나가 나를 원망하는 것처럼 보였기 때문이다. 정말이지 억울했다. 다행히 바질은 나를 용서한 것 같았다.

어쨌거나 도무지 집중을 할 수가 없었다. 나는 될 대로 되라는 심정이었고, 내 손은 저절로 답안을 끼적거렸다. 뇌의 일부는 문제를 풀고 나머지 일부는 희뿌연 안개 속을 헤매었다.

모나의 방이 떠올랐다. 그 방이 이제 내게는 다시 문을 열어 주지 않을 왕국처럼 생각되었다. 곧이어 너무 일찍 세상에 나와 버린 가냘픈 다리의 아기 모나가 떠올랐다.

그러다 문득 파스드라파스가 머리를 스쳤다. 기저귀 팬티를 차고 다닐 무렵의 파스드라파스는 어떻게 생긴 아기였을까? 파스드라파스가 아기였을 때에도 기저귀 팬티가 있었는지 모르겠지만.

루브르 박물관에서 봤던 중세 그림 속의 갓난아기들처럼 붕대 비슷한 걸 칭칭 감고 있었으려나?

이런저런 생각에 푹 빠져 시간이 어떻게 가는지도 몰랐다. 답안지를 제출하면서 비로소 내가 엄청난 일을 저질렀다는 사실을 깨달았다. 전부 정답을 적어서 낸 것이다.

파스드라파스가 오늘 낸 문제들은 유난히 꼬여 있었다. 실력도 안 되면서 감히 수학 경시 대회에 나가려고 까불대는 주제넘은 학생들의 기를 꺾으려고 작정하고 낸 문제들이었다. 그런데 나는 아무 생각 없이 기계적으로 함정을 요리조리 피해 가고 말았다. 아주 잠깐 방심했을 뿐인데 정체가 탄로날 지경에 이르다니.

나는 휘둥그레진 눈으로 내 답안지가 다른 아이들 답안지와 함께 파스드라파스의 손아귀로 넘어가는 광경을 지켜보았다. 파스드라파스가 답안지를 대충이라도 훑어볼 만큼 호기심이 풍부한 사람이 아니라서 천만다행이었다.

나는 삐질삐질 땀이 나기 시작했다. 설상가상으로, 모나가 나를 보고 수줍게 미소를 지었다. 그 미소의 메시지는 분명했다. 아까 나에게 화낸 것이 마음 쓰여서 몹시 미안해하는 미소였다. 이제 파스드라파스가 답안지를 돌려주고 나의 이중생활이 들통나면 모나와는 영원히 틀어져 버리겠지. 저 미소도 더 이상 아무런 위안이 되지 못할 터였다.

그렇게나 애를 썼는데 다 허사가 되고 말았다. 나의 얼간이 행각은 이제 끝장났다. 냉장고 속에서 말라 비틀어진 무 토막처럼 참담하고 울적한 미래가 눈앞에 그려졌다.

나는 부모님과 화해하게 될 것이다. 엄마 아빠는 그동안 양보했던 오만 가지 프로그램을 다시 강요할 것이다. 두 번 다시는 텔레비전을 켜지 못하겠지. 지루한 성공의 사다리를 찍소리 못 하고 한 칸 한 칸 올라갈 거다. 그리고 모나는 나를 미워하게 되겠지.

안 돼!

아직은 기회가 있었다. 실낱같은 기회일지라도. 나는 황급히 새 종이를 꺼내어 말도 안 되는 계산을 개발새발 휘갈겨 썼다. 어떻게 해서든 답안을 바꿔치기할 방법을 찾아야 했다. 승산이 아주 없지는 않았다.

마침 학생들은 급식을 먹으러 이동할 시각이었고, 파스드라파스 혼자 교실에서 답안지를 채점할 터였다. 파스드라파스는 빨간 펜 잉크를 먹고 사는지, 밥도 먹으러 가지 않은 채 채점에 열을 올렸다. 아무래도 빨간색 잉크를 쪽쪽 빨아먹고 사는 흡혈귀인가 보다.

나는 자리에서 일어서면서 바질에게 귓속말을 했다.

"나 좀 도와주라."

바질의 얼굴이 환하게 빛났다. 바질에게 도움을 청하는 사람이 없어서 그렇지, 이 녀석은 애초부터 남을 돕기 좋아하는 성격인 듯했다.

"파스드라파스에게 질문을 해."

"질문? 무슨 질문?"

"아무거나……. 음, 구름에 대해서 물어봐."

우리는 다른 아이들이 다 나갈 때까지 기다렸다. 모나는 내가 따라나오지 않아서 놀라는 눈치였으나 끝내 아무 말도 하지 않았다. 파스드라파스는 당장에라도 채점에 착수할 기세로 책상 한쪽 모서리에 답안지를 반듯하게 쌓아 놓았다. 반면에 늘 입고 다니는 초록색 외투는 의자 등받이에 아무렇게나 걸쳐 두었다.

바질이 진지한 표정으로 창가로 걸어갔다. 파스드라파스는 바질 쪽으로 고개를 돌리고 인상을 썼다. 그사이, 나는 아무렇지도 않은 척 책상 옆으로 다가갔다. 땀 한 방울이 내 목울대를 타고 흘러내렸다.

"무슨 일이지, 바질? 비행접시라도 발견했나?"

바질은 의견을 구하듯 나에게 잠깐 시선을 보냈다. '비행접시 얘기도 괜찮아 보이는데 이다음에는 뭐라고 하지?' 나는 얼른 고개를 저었다. '구름 얘기나 해. 구름은 그래도 네가 좀 알잖아.'

“저기요, 쌤, 저게 소나기구름인가요?”

파스드라파스는 이게 또 무슨 수작인가 싶어 멈칫했다. 나는 휴대폰을 들여다보면서 그 장면을 찍었다. 수작 따위는 어림도 없었다. 반에서 꼴찌를 다투는 두 머저리가 선생을 상대로 수작을 꾸밀 주제나 되나. 좀 더 맹한 제자가 수학 선생님은 과학 관련 주제도 척척 알 것이라고 생각해서 소나기구름에 대해 질문을 하려는 것일 뿐. 그리고 조금 덜 맹한 제자는 주변을 얼쩡거리며 자기 친구를 기다리는 것이려니.

“그래, 구름은 참 흥미로운 주제지.”

파스드라파스가 나를 완전히 등지고 돌아섰다. 드디어 기회가 왔다. 나는 떨리는 손으로 답안지를 한 장 한 장 넘겼다. 내 답안지는 제일 아래쪽에 있었다. 땀이 너무 많이 난 나머지, 눈으로 흘러 들어가 시야가 흐려졌다.

“저기 저 큼지막한 구름, 저거 소나기구름 맞죠? 아니면, 저 꼭대기가 더 뭉게뭉게 올라가야 소나기구름인가요?”

모나의 답안지가 손에 잡혔다. 또박또박하고 가지런한 글씨체, 동그라미를 예쁘게 그려 넣은 모나 특유의 i자가 눈에 들어왔다. 내 왼손에는 급조한 답안지가 들려 있었다. 드디어 그 답안지와 바꿔치기해야 할 진짜 내 답안지가 나왔다. 나는 조심스레 답안지를 잡아당겼다. 그런데 마치 들러붙어 있기라도 한 듯 앙주의 답안지가 함께 딸려 나왔다.

"자네가 학업에 어려움이 많다는 게 이상하군. 이제 보니 과학적인 호기심이 아주 풍부한 학생인데 말이야."

파스드라파스가 바질을 새삼스런 눈길로 바라보았다.

침묵이 흘렀다. 바질은 이제 둘러댈 말이 생각나지 않는 모양이었다. 내가 바질에게 찬찬히 계획을 설명해 주거나 시간을 대략 얼마 동안 끌어야 한다고 일러 주지 않았으니까. 바질은 막막해진 나머지, 내 쪽을 슬쩍 바라보았다. 내가 남의 답안지를 구겨 가면서 내 답안지를 빼내는 모습을 보고 바질이 순간적으로 눈살을 찌푸렸다. 파스드라파스는 바질의 표정을 보고 교사의 육감으로 번개처럼 뒤로 돌아섰다.

그다음부터는 슬로모션으로 돌아가는 악몽과도 같았다. 큰 사고를 만나거나 엄청난 고비에 몰렸을 때면 그때까지 살아온 나날이 주마등처럼 스쳐 간다고 하지 않던가. 그 순간, 내가 딱 그랬다.

나는 거의 성공했다. 답안지는 이미 바꿔치기했으니까. 다만, 완전 범죄가 되려면 답안지를 원래대로 반듯하게 쌓아서 표가 안 나게 했어야 했다. 진짜 몇 초만 더 있었어도 감쪽같았을 거다. 하지만 한눈에도 뭔가 잘못됐다는 것을 알아차릴 만큼 답안지 뭉치가

엉망으로 흐트러져 있었다.

그다음에는 내가 어쩌다 그런 아이디어를 냈을까 싶다. 아니, 아이디어가 아니었다. 그냥 충동적으로 저지른 최악의 작전이었다. 나는 얼른 앞으로 달려가 등받이에 걸린 초록색 외투를 잡느라 답안지 뭉치를 흐트러뜨리는 척했다. 그러면서 외투 안주머니를 뒤졌다. 손에 뭐가 잡혔다. 담뱃갑이었다. 얼른 담배 한 개비를 꺼내서 입에 물었다.

완전히 뒤로 돌아선 파스드라파스의 눈에 비친 것은 답안지가 마구 흐트러진 책상과 머리카락이 헝클어진 채 담배를 꼬나물고 있는 내 모습이었다. 선생님은 하도 기가 막혀서 잠시 동안 말도 하지 못했다.

"그래, 그러니까 자네는…… 친구를 이용해서 선생님은 소나기 구름이나 쳐다보게 만들어 놓고 담배를 훔치는 중인가?"

나는 고개를 끄떡였다.

그래도 살았다. 파스드라파스는 이제 시험 답안지에는 눈곱만큼도 신경 쓰지 않았다.

"다 내 잘못이야."

바질은 그렇게 말했다.

9월 25일

허술한 작전

아빠가 훈계를 맡았다. 엄마는 학교에 불려가 내가 최근에 저지른 일에 대해서 듣고는 아예 말을 잊었다. 내가 똑똑히 봤다. 엄마는 전화기를 들고 입을 열었지만 그 입에서 아무 말도 새어 나오지 않았다. 그래서 전화기를 내려놓고 아빠에게 문자 메시지를 보낸 후 방 안에 들어가 지금까지 나오지 않고 있다.

아빠는 일찍 들어왔다. 아빠가 일진이 안 좋은 날이면 달고 다니는 미간 주름이 뚜렷이 이마에 그어져 있었다. 더러운 유리 조각을 마지못해 물고 있는 사람처럼 아빠는 입술을 앙다물고 있었다.

"네가 그렇게 허술한 작전으로 담배를 훔치려 했다니 도저히 믿을 수가 없구나."

아빠는 사안 자체보다 내가 쓴 서툴고 조악한 방법이 더 기가 찬 듯했다.

"똑같이 담배를 훔치는 일이라도 네 나이 때의 아빠라면 훨씬 더 교묘하고 확실한 방법을 썼을 거다. 하지만 아빠가 널 붙잡고 그런 얘길 들려줄 순 없지. 설령 네가 공부를 때려치우고 마약 밀매 같은 범죄에 빠진다 해도 훗날 마피아 따위를 상대하려면 조금은 더 약삭빠르게 굴 줄 알아야 해."

"죄송해요."

아빠가 세차게 고개를 젓더니 고함을 질렀다.

"나랑 네 엄마가 얼마나 널 사랑하는데!"

나는 흠칫 놀라 소스라쳤다가 이내 고개를 끄덕였다. 아빠는 그 점을 분명히 하고 마음이 좀 풀린 것 같았다. 나는 '저도 사랑해요.'라고 말은 못 하고 속으로 생각했다. 어쨌든 그건 말할 필요도 없이 분명한 진실이다.

"이리 와."

아빠는 그렇게 말하고는 나를 컴퓨터 앞에 앉혔다. 요즘 나오는 일체형 컴퓨터나 태블릿 PC에 비하면 큼지막한 본체와 모니터, 마우스가 다 따로 있는 구식이다. 아빠는 담배의 폐해에 대한 의학 다큐멘터리를 찾아서 보여 줬다. 아빠와 나는 입도 벙긋하지 않고 화면 속의 시커멓게 손상된 장기와 하얀 가운, 시뻘게진 눈을 보면서 불길한 기침 소리를 들었다.

"자."

아빠는 나를 가만히 바라보았다. 나는 아빠 눈을 쳐다보다가 이내 시선을 떨어뜨렸다.

"다시는 담배의 '담' 자도 듣고 싶지 않구나."

아빠는 좀 더 나지막하게 '다시는'이라는 말을 되풀이하고는 엄마를 보러 위층으로 올라갔다.

이만하면 정말 잘 빠져나온 거다. 학교 측은 이 일을 조용히 덮고 싶어 했다. 나는 학생 생활 지도부에까지 가지 않아도 되었다. 파스드라파스는 바질도 공범인 이상 절반의 책임이 있다면서 조금도 봐주려 하지 않았다.

어쨌든 나는 징계를 피하는 대신, 몇 가지 봉사 활동을 하게 되었다. 그래서 학교 관리인 아저씨와 운동장 청소를 몇 번 함께 했다. 청소는 엄연히 아저씨에게 주어진 일인데, 내가 벌을 받는다는 명목으로 가로채도 되나 싶어서 좀 난감한 기분이 들었다.

하지만 아저씨는 전혀 언짢아하지 않았다. 오히려 함께 일할 사람이 생겨서 좋아하는 것 같았다. 아저씨는 커다란 쓰레기통을 끌고 다니면서 기다란 집게로 더러운 종이와 씹다 버린 껌 따위를 수

거했다.

어느 순간부터는 아저씨를 따라다니면서 사는 얘기를 듣는 게 자못 재미났다. 나는 이따금 고개를 들어 교실 창문을 바라보았다. 하늘이 유리창에 비쳐 보였다. 날씨는 화창했고, 나는 답답한 교실에서 빠져나와 이러고 있는 게 썩 나쁘지 않았다. 아저씨의 기분 좋은 저음의 목소리를 듣고 있자니 괜찮은 아이디어가 차츰 떠올랐다.

곤란한 상황에서 벗어나되, 지금 누리는 편의는 그대로 간직할 방법이 보였다. 하도 간단해서 좀 더 일찍 생각 못 했다는 게 원통한 따름이었다. 관점을 아주 살짝 바꾸기만 하면 되었다. 이제부터 발전하는 모습을 보여 주는 거다.

모나의 수학 과외가 갑자기 결실을 거둬들이기 시작할 거다. 뭔가 계기가 있어야 한다. 모나가 참을성 있게 배려한 덕분에 내 안에서 뭔가가 깨어난다. 일차 방정식 문제를 완벽하게 풀어낼 거다. 그리고 예리한 질문을 던져서 모나를 깜짝 놀라게 만들어야지.

모나에게는 이렇게 말할 거다. "수학 경시 대회에 나가서 잘해 보고 싶어." 아니면 그냥 "다 네 덕분인 것 같아."라고만 해도 좋겠다. 모나에게 내 마음이 전해질 만큼, 목소리를 그윽하게 깔고 말해 봐야지. 모나는 나의 발전을 자랑스러워할 것이고, 자기도 모르는 새 나에게 푹 빠지고 말 거다.

그래, 그다음에는 수학 경시 대회에서 앙주를 완전히 깔아뭉개기만 하면 된다. 모두들 내가 눈부시게 발전했다고 호들갑을 떨겠지. 부모님이 제일 한시름 놓겠지만, 혹시라도 내가 또 엇나갈까 봐 예전처럼 극성스럽게 공부 타령은 하지 못할 거다. 만약 엄마 아빠의 옛날 병이 도지면 나도 반격에 나서면 된다.

상상만으로도 흡족해서 나도 모르게 킥킥거리며 웃고 말았다.

"바람을 쐬니까 기분이 좋은가 보구나."

아저씨가 벤치 아래에서 짓이겨진 딸기맛 웨하스를 집게로 긁어내면서 말했다. 나도 본 적이 있는 웨하스였다. 사흘 전에 바질이 그 자리에서 먹다가 떨어뜨리는 걸 분명히 봤으니까.

9월 27일

절름발이 여친

이제 나의 문제점을 좀 더 잘 파악하게 되었다. 내 아이디어 자체는 좋았다. 그러나 내가 일을 다 망치고 말았다.

처음에는 작전대로 착착 굴러갔다. 우선 파스드라파스를 찾아갔다. 용서를 빌었다. 내가 뭘 잘못했는지 이제 안다고 말했다. 아빠가 보여 준 동영상과 시커멓게 변한 폐 얘기를 했다. 흡연자인 선생님은 좀 찔리는 눈치였지만 내 말을 끝까지 잘 들어 주었다. 나는 진지한 표정으로 수학 경시 대회에 참가하고 싶다고 말했다.

"나가겠다는데 말릴 수야 없지."

선생님은 참가 신청서에 내 이름을 쓰면서 그렇게 말했다.

"하지만 내가 한마디 해 두마. 수학은 네 길이 아닌 것 같구나. 그건 흉이 아니야. 사람마다 잘할 수 있는 일이 다르니까. 가령, 전에 보니까 장미셸 아저씨와 함께 운동장 청소를 하면서 몹시 즐거워하던데, 어쩌면 그런 종류의 일이 너에게 더 맞을지도 몰라."

나는 말을 아끼며 얌전히 이렇게만 말했다.

"아뇨, 저는 수학 경시 대회를…… 친구와 준비하고 싶어서요."

파스드라파스는 이 대답이 맘에 안 드는 것 같았지만 더는 강하게 말하지 못했다. 나는 참가 신청서에 서명을 하고 나왔다.

모나와는 그사이에 화해를 했다. 어려운 일은 아니었다. 모나는 자기가 벌컥 화를 내는 바람에 내가 충동적으로 바보 같은 짓을 하고 벌을 받게 됐다고 생각했다. 나는 모나의 오해를 굳이 풀어 주지는 않았다. 내 경험으로 미루어 보면, 여자가 좀 미안해하는 상황이 남자에게 유리하다. 지금까지 그런 경우를 몇 번이나 봤다.

"저기, 너만 좋다면 토요일에 같이 공부할까?"

모나가 말했다.

그 방의 문들이 다시 열렸다. 아니, '문들'은 아니다. 모나 방에는 문이 하나밖에 없으니까. 내가 왜 '문들'이라고 했는지 모르겠다. 여러 가지 가능성이 한꺼번에 열린 것 같아서?

어쨌든 나의 변신 작전은 본격적인 궤도에 올랐다. 일단 모나네 집에 가자마자 피타고라스의 정리를 줄줄 외웠다. 모나가 의심하지 않도록 일부러 실수를 하는 것도 잊지 않았다. 거짓말에는 고도의 집중력이 필요하다. 잠시도 딴 생각을 하면 안 된다. 지금까지의 시행착오를 통해서 내가 뼈저리게 깨달은 바다.

모나는 아무것도 눈치채지 못했다. 내가 공식을 외우는 동안, 모나는 가슴이 벅차서 숨도 제대로 못 쉬었다. 그 애는 환하게 웃으면서 내가 잘못 외운 부분을 바로잡아 주고 자기도 옛날에 그랬다고 털어놓았다. 우리는 잠시 서로 말이 없었다.

"나, 진짜 열심히 해 보려고 해. 또 문제 내 봐."

내가 말했다.

그때부터 저녁 7시까지 우리는 쉬지 않고 일차 방정식을 풀고 그래프를 그렸다. 그렇게 낭만적인 시간은 정말 오랜만이었다. 얼마나 열중했는지 우리는 간식 먹는 것도 깜박했다.

엄마가 나를 데리러 왔을 때 모나가 나에게 말했다.

"나, 너한테 정말 놀랐어."

담배 소동 이후로 엄마 얼굴은 완전히 반쪽이 됐다. 전화벨이 울릴 때마다 깜짝깜짝 놀라고, 학교에서 혹시 또 뭘 보냈을까 봐 이메일 확인하기를 두려워했다. 내가 이제부터 열심히 공부할 거라고 했을 때에도 엄마는 아무 말도 못 하고 눈물만 흘렸다. 그 모습을 보고 엘로이즈 누나가 신경이 날카로워진 듯했지만 뭐, 항상 모두를 만족시킬 수는 없는 법이니까. 어쨌든 모두가 나 때문에 신경이 바늘 끝처럼 곤두서 있다. 솔직히 말해 볼까? 그래서 난 좋다.

모나가 숫자와 도형으로 시커멓게 뒤덮인 종이들을 보여 줬을 때에도 엄마는 울음을 터뜨릴 뻔했다. 하지만 엄마는 감정을 잘 추스르고 그 종이를 기념으로 가지고 싶다고 했다. 나는 어깨를 으쓱하면서 마음대로 하라고 했다.

그때만 해도 내 계획대로 다 될 줄 알았다. 그날, 그러니까 토요일 저녁에 엄마는 기분이 날아갈 듯 좋았고, 우리 가족은 크레이프 가게에 갔다. 나는 소시지 크레이프를 먹어도 좋다는 허락을 받았는데, 이건 우리 엄마 아빠 기준으로 갓난아기를 마귀에게 바치는 것만큼 있을 수 없는 일이었다. 아빠는 사과주를 마시면서 엄마가 싫어하는 농담을 늘어놓기 시작했다.

내가 엘로이즈 누나에게 좀 더 주의를 기울였어야 했다. 누나는 잔뜩 골이 나 있었다. 나는 그 이유를 알고 있었다. 누나는 이폴리트를 만나서 스쿠터를 탈 계획이었는데, 갑자기 크레이프 가게에 끌려왔기 때문이다. 나는 은근슬쩍 누나 남자 친구를 암시하는 말을 흘리면서 약을 올렸다. 완전 실수한 거다.

솔직히 악의는 없었지만 누나가 그렇게 받아들여 줄 리 없었다. 흉을 보고 싶진 않지만 여자들은 정말 성격이 이상하다. 별것 아닌

일에도 배신 어쩌고 하면서 펄펄 뛴다. 그래서 우리 삶이 이렇게 꼬이는 거다.

"너, 뭐 숨기는 일 있구나, 엘로이즈?"

아빠는 나사 풀린 사람처럼 웃으면서 이렇게 묻고는 사과주를 들이켰다. 누나는 아무 대꾸도 하지 않았고 계속 아무것도 먹지 않았다. 나는 누나가 거의 손도 안 댄 밤 크림 크레이프까지 먹어치웠다. 속이 슬슬 불편해지기 시작했다.

하지만 그날 밤에 무슨 일이 일어날지는 상상도 하지 못했다. 나는 모나에게 이메일을 보내려고 내 방으로 들어갔다. 수학 경시 대회에 참가 신청을 하고서, 내 꿈의 소녀에게 연습 문제 풀이를 보내고 검사를 받는다는 구실로 나만의 이메일 계정을 만들었다.

모나는 바로바로 채점을 해서 보내 주었다. 모나가 나를 위해 준비한 문제를 볼 때마다 심장이 두근거렸다. 낯간지러운 단어보다 숫자가 더 의미심장하게 보였다. 나는 0이라는 숫자의 동글동글한 느낌이 좋았다. 우리의 사랑 노래는 숫자를 암호로 쓴다.

어쨌거나 나는 굉장히 감상적인 편이다. 초등학교 3학년 때는 알리제 코르디용이라는 여자애를 좋아했다. 알리제는 곤충에 유별나게 관심이 많았다. 그때 파리 눈알이 예쁘다는 걸 처음 알았다.

누나는 내가 컴퓨터 앞에서 달콤한 꿈이나 꾸게 내버려 두지 않았다. 다짜고짜 내 방으로 들어와 듣기 싫은 소리를 퍼부어 댔다. 요컨대, 누나는 내가 자기 남자 친구 이름을 놀린 일을 가지고 여전히 괘씸하게 생각하고 있었다. 위선자, 사기꾼, 겉 다르고 속 다른 자식, 비겁한 놈……. 아, 이 말도 했다.

"게다가 너는 옷을 너무 못 입어. 패션 테러리스트야."

이 부분은 누나가 과장하는 거다. 모나를 만난 이후로 난 양말을 짝짝이로 신지 않으려고 항상 주의한단 말이다.

뭐, 나머지 비난에 대해서는 누나 말이 완전히 틀렸다고 할 수는 없어서 가만히 듣고만 있었다. 그게 잘못이었다. 내가 아무 말 없이 눈을 내리깔고 있었더니 누나는 자기를 무시한다고 생각했는지 더 화를 냈다. 나는 아무 생각 없이, 그저 모나의 메일을 빨리 확인하고 싶어서 메일함을 열었다.

세 개의 메일이 와 있었다. 어차피 내 주소록에는 모나밖에 없었기 때문에 다른 사람이 보낸 메일이 있을 리 없었다. 왜 나는 좀 더 차분히 기다리지 못했을까? 엘로이즈 누나는 내 메일함을 보고 완전히 폭발했다. 아예 대놓고 비웃기 시작했다.

"절름발이 여친이 보냈냐? 귀엽게 노는구나!"

그때 비로소 누나가 화가 나서 제정신이 아니라는 걸 알아차렸다. 평소에 엘로이즈 누나는 외모나 신체적 약점을 놀림거리로 삼는 사람은 아니었다. 누나도 자기가 방금 한 말에 정신이 번쩍 난 것 같았으나 이미 때는 늦었다. 이제 내가 꼭지가 돌아 버렸고, 누나가 대가를 치를 차례였다. 나는 곧바로 가장 처절하게 복수할 방법을 찾았다. 그 기회는 생각보다 빨리 왔다.

"그래, 자라. 나도 할 일이 있어."

누나는 그렇게 말하고는 창문을 열고 밖으로 뛰어내렸다. 창밖을 내다보니 주택가 작은 광장에서 스쿠터 한 대가 라이트를 켜는 모습이 보였다. 나는 창문을 닫았다.

'절름발이 여친.'

솔직히 마음 한구석으로는 그 애칭도 귀엽다고 생각했다. 그러면서도 화가 나는 건 어쩔 수 없었다. 나는 곧장 부모님 방으로 달려가 문을 두들겼다. 엄마 아빠는 외식을 마치고 오자마자 침대에 들었다. 두 분은 침대에 나란히 앉아 책을 읽고 있었다.

"누나가 방금 남자 친구 만나려고 창문으로 나갔어요."

나는 작은 목소리로 부모님에게 일러바쳤다.

물론 지금은 후회한다. 아빠는 허겁지겁 옷을 갈아입고 누나를 찾으러 곧장 차를 몰고 나갔다. 그리고 나는 오늘 있었던 일을 여기 이 일기장에 적는 중이다. 어차피 심란해서 잠도 안 올 것 같다.

아직 모나의 메일은 확인하지도 못했다.

9월 29일

도둑맞은 일기장

큰일 났다는 말로는 부족하다. 세상이 무너지는 것 같다.

누나가 내 일기장을 훔쳐 갔다.

누나를 이해 못 하는 건 아니다. 그저께 밤, 아빠는 누나를 금방 찾아냈다. 누나는 구립 체육관 앞에서 남자 친구랑 키스를 하다가 아빠에게 딱 걸렸다. 아빠는 누나 옷을 휘어잡고 질질 끌고 가서 아무 말 없이 우악스럽게 차에 태웠다.

요즘 우리 가족은 누구랄 것 없이 다 딴사람이 되었다. 아빠는 폭력과 거리가 멀어도 한참 먼 사람이었다. 군대가 적성에 안 맞아서 대체 복무로 국공립 어린이집에서 이 년이나 일했을 정도다. 하지만 아무리 그런 아빠라 해도 웬 놈팡이와 딱 달라붙어 있는 딸내미를 발견했을 때에는 멧돼지를 덮치는 재규어 뺨치도록 무시무시하게 돌변했다. 재규어라면 날카로운 이빨과 억센 턱뼈로 그 자리에서 멧돼지의 숨통을 끊었겠지만, 아빠는 딸을 차에 태우고 문을 쾅 닫았을 뿐이다.

이폴리트는 잽싸게 튀었다. 아빠는 엄마에게 자초지종을 스무 번쯤 말했다. 나는 내 방문에 귀를 바짝 붙이고 아빠가 하는 말을 엿들었다. 그동안 누나는 자기 방에서 통곡을 했다.

엄마 아빠가 누나를 붙잡고 족히 삼십 분은 호통을 쳤다. 부모님이 분풀이를 하는 감도 없지 않아 있었다. 나 때문에 속상한 일까지 전부 쏟아 내는 듯했다. 나는 저녁으로 먹은 크레이프가 목에 걸려 체할 것만 같았다. 자정이 되어서야 집 안이 잠잠해졌다. 일요일은 말도 안 되게 조용히 지나갔다.

하지만 오늘 아침, 누나가 몸이 아파서 학교에 못 가겠다고 선언했다. 부모님도 오늘은 집에서 쉬라고 허락해 주었다. 그런데 오후에 누나가 갑자기 학교에 나타났다. 왠지 모르게 찜찜한 기분이 들었다.

누나가 나를 보고 히죽거렸다. 누나에게 쫄지 않는다는 것을 보여 주려고 내가 먼저 말을 걸었다.

"벌써 다 나았나 봐?"

누나는 아무 대답도 하지 않았는데 왠지 모르게 의기양양해 보였다.

하루 종일 기분 나쁜 예감이 가시지 않았다.

집에 돌아와 보니 내가 일기장을 숨겨 두는 곳에 쪽지 한 장만 덩그러니 놓여 있었다.

재미있게 잘 읽었다! 네 기록은 누구보다 그 진가를 잘 알아볼 사람에게 보냈어. 그 사람이라면 분명 각별한 관심을 보여 주겠지.

그렇다! 세상이 무너지는 것 같다는 내 말은 과장이 아니다. 아무런 대책을 세울 수가 없었다. 정말이지 막막하기만 했다. 아무 생각도 안 났다. 당장 짐을 싸서 시베리아로 떠나 죽을 때까지 돌아오지 말까 싶었다.

잠시 후, 나는 뭐에 홀린 사람처럼 기계적으로 새 일기장을 꺼내어 이 글을 쓰기 시작했다. 글을 쓰는 것이 어지러운 생각을 정리하는 유일한 방법이 되었다. 어쨌든 사태를 파악하려고 노력해 보는 중이다.

누나가 저지른 짓은 최악이다. 내 일기장을 모나에게 보냈으니까. 모나는 나를 참 좋아해 주지만 거짓말이라면 치를 떠는 아이다.

그런데 저녁 8시쯤 되었을 때, 모나에게서 네 통의 메일을 받았다. 연습 문제 채점 결과와 함께 다정한 격려의 말을 보내 주었다. 모나가 내 일기장을 읽었다면 이런 메일을 보낼 리가 없었다.

어쩌면 누나가 거짓으로 협박을 했는지도 모른다. 나를 단단히 혼내 주고 싶었겠지만 사실 누나가 그렇게 못된 사람은 아니니까. 어쨌든 그렇다면 문제의 증거물은 누나 방에 있을 것이다.

나는 한 가닥 희망을 붙잡고 부리나케 누나 방으로 달려갔다. 원래는 팔십 년 후에 누나가 저세상으로 떠날 때까지는 단 한마디도 하지 않겠다고, 그때가 되어서도 나는 용서하지 않았다는 말만 할 거라고 독하게 결심했다.

나는 초연한 말투로 누나에게 말했다.

"자, 내놔."

누나가 또 기분 나쁘게 히죽거렸다.

"이미 내 손을 떠났어. 말했잖아."

"거짓말. 모나한테 메일 받았단 말야."

"모나? 모나가 여기서 왜 나와?"

그 순간, 등줄기에 식은땀이 흘러내렸다.

"네 친구 앙주가 네 일기장을 넘겨받고 굉장히 기뻐하더라? 내가 그 안에 걔 얘기도 엄청 많이 나온다고 말해 줬거든."

10월 2일

잘못 키운 아들

앙주가 내 일기장을 손에 넣은 지 나흘이 지났다.

아직은 아무 일도 일어나지 않았다.

옛날 일기장에 내가 무슨 얘기를 썼는지 완벽하게 기억해 내려고 애쓰는 중이다. 앙주에 대한 얘기, 내 얘기, 모나에 대한 얘기. 나의 고백을 읽으면서 희희낙락할 그 자식의 모습이 눈에 선하다. 어쩌다 그렇게 별의별 얘기를 다 썼담! 입이 무겁기로 소문난 내가 왜 일기장에는 미주알고주알 다 털어놓았을까? 내가 꾸민 거짓이란 거짓을 왜 그렇게 다 까발려 놨을까?

앙주와 눈이 마주칠 때마다 감전이라도 된 것처럼 온몸이 찌릿했다. 진짜로 몸이 부들부들 떨리고, 털이 쭈뼛 서고, 심장이 궁쾅

거렸다. 어떻게 보자면 모나와 얘기를 나눌 때와도 좀 비슷했다. 녀석은 나를 보고 미소를 지었다. 그때마다 뭐랄까, 기다란 손톱으로 칠판을 긁을 때처럼 온몸에 소름이 쫙 끼쳤다. 녀석은 그렇게 웃는 얼굴을 보일 뿐, 아무 짓도 하지 않았다.

녀석은 나를 꽉 잡고 있다.

나는 가능한 한 모든 방향에서 이 문제에 접근해 보았다. 방법은 없었다. 앙주는 모나, 부모님, 파스드라파스에게 모든 사실을 폭로할 수 있다. 설령 내가 녀석보다 먼저 사실을 털어놓는다 해도 나쁜 놈, 우스꽝스러운 놈이 되기는 마찬가지다.

가슴이 하도 답답해서 숨도 잘 안 쉬어졌다. 걸음걸이도 위축되고 목소리도 잘 안 나왔다. 그런 나를 보고 모나가 걱정에 휩싸였다. 부모님도 서둘러 심리 상담 약속을 잡았다.

처음에는 심리 상담사 선생님에게라도 전부 다 말할까 고민했다. 선생님 직업이 나처럼 정신적으로 심각한 문제가 있는 사람들의 이야기를 들어 주는 거니까. 하지만 나는 땅이 꺼져라 한숨을 쉬고, 머리를 긁적이고, 창밖을 멍하니 바라보았을 뿐 끝내 아무 말도 하지 못했다.

선생님은 그런 것도 다 기록했다. 그러고 나서 부모님에게 나를 좀 더 풀어 주라고 조언했다. 내가 지금 아주 까다롭고 민감한 시기를 보내는 중이라고, 이 단계에서 홀로 세상을 대면하는 법을 배우는 거라고 했다. 누구도 지금의 나를 이끌어 줄 수 없다나.

따지고 보면, 다 맞는 말이었다.

엄마는 후식으로 바나나 스플릿과 퐁당 쇼콜라 중에서 뭐가 더 좋으냐고 다정하게 물었다. 나는 그만 울음을 터뜨렸다.

실제로 나는 지금 생각을 제대로 하기가 힘들다. 머릿속에 떠오르는 생각들을 무조건 몰아내고 있다. 가령, 엘로이즈 누나가 내 일기를 다 읽었다는 사실도 생각하고 싶지 않다. 그건 정말 못 참겠다.

내가 하도 철저하게 묵비권을 행사해서 누나도 좀 겁이 나나 보다. 솔직히 말해 드라큘라에게 숨겨 놓은 자식이 있다면 요즘의 내 몰골과 비슷하지 않을까 싶다. 갈라진 입술, 누렇게 뜬 얼굴, 부어오른 눈두덩. 요즘 나는 환한 데로 나설 때마다 관에서 억지로 끌려 나온 드라큘라처럼 눈을 한참 동안 끔벅거린다.

엘로이즈 누나는 후회하고 있는 눈치다. 그게 어딘가 싶다. 누나는 그렇게 엄청난 짓을 저질러 놓고 바로 다음 날 나에게 사과하고 싶다고 말했다. 하지만 세상에는 돌이킬 수 없는 죄도 있다. 누나, 지금 이 일기장도 훔쳐보고 있다면 똑똑히 알아 둬. 난 죽을 때까지 용서 안 해.

그런데 앙주는 왜 가만히 있는 걸까?

내 얼굴에 답이 나와 있는 것 같다. 난 이미 망했다. 끝장났다. 녀석이 싸우기도 전에 상대가 나가뻗은 격이다. 수학 경시 대회가 얼마 남지 않았다. 녀석은 두려워하지 않아도 된다. 어깨에 잔뜩 힘을 줘도 된다. 나를 실컷 비웃어도 된다.

바질은 답안지 바꿔치기 소동 이후로 나와 늘 붙어 다닌다. 흡사 영원히 변치 말자고 피로 맹세한 사이 같다. 바질은 내가 말수가 줄어들어도 전혀 놀라지 않는다. 그냥 이따금 장난삼아 담배를 입에 꼬나무는 시늉을 하면서 살짝 윙크를 보낼 뿐이다.

모나는 전보다 두 배로 나에게 신경을 써 준다. 희한하게도 이제 숫자가 내가 구사할 수 있는 유일한 언어 같다. 지금은 말이 두렵다. 그래서 주구장창 수학 문제만 푼다. 갑자기 실력이 확 늘어서 모나는 입을 다물지 못하고 있다. 나는 모나에게 아무에게도 말하지 말아 달라고 부탁했다.

"우리만의 비밀로 해 두자."

모나도 당분간 그러자고 했다. 그 애는 내가 자기를 위해서 밤낮으로 열심히 공부하는 줄 알겠지. 공부에 찌들어서 내 얼굴이 누렇게 뜬 것이라 믿을 거다.

우리는 모나 방에서 몇 시간이고 공부에만 매달렸다. 엄마 아빠는 이제 내가 공부에 지나치게 집착한다고 걱정하기 시작했다. 내가 야외 활동을 더 많이 했으면 좋겠단다. 심지어 아빠는 최신판 전쟁 게임을 사다 주기까지 했다.

조금 전, 쉬는 시간에 드디어 앙주가 나에게 예고를 했다. 내일 아침에 자기의 '조건'을 통보하겠단다.

조건이라……, 내가 뭘 예상해야 하는 걸까?

녀석이 일기장을 돌려주는 대신 나에게 뭔가를 요구하겠다는 뜻인가? 그게 뭔지 상상하느라 오늘은 잠도 못 자게 생겼다. 그 자식이 내 일기장을 신문사나 잡지사 같은 데 보낸다면? 혹시 출판사에다가 보내 버리지는 않을까?

학교에서 돌아오는 길에 우연히 신문 가판대를 보았다. 신문 같지도 않은 흥미 위주의 싸구려 신문에 망원 렌즈로 흐릿하게 찍은 우리 부모님 사진이 실리지는 않을까? 그렇다면 헤드라인은 대략 이런 거겠지.

잘못 키운 아들 하나가 행복한 가정을 망가뜨리다!

아니, 헤드라인치고는 너무 길다. 신문사가 알아서 더 자극적인 제목을 뽑을 거다.

10월 3일

내 경솔함의 대가

앙주의 요구 조건을 들었다. 별로 놀랍지도 않다. 첫째 조건은 당연히 수학 경시 대회와 관련된 거다. 내가 처절하게 쓰러지는 꼴을 보고 싶단다. 내가 만약 사랑의 힘으로 얼간이에서 우등생으로 변신한 척 연기를 한다면 모나에게 내 일기장을 보여 주겠다나. 좀 더 까다로운 조건도 있었다. 자기가 모나를 놀리거나 그 애 자존심을 상하게 하더라도 절대 끼어들지 말란다.

실제로 오늘 쉬는 시간에 앙주는 일부러 모나의 심기를 건드렸다. 수학 경시 대회를 앞두고 모나의 사기를 떨어뜨리려는 수작이 분명했다. 조롱, 야유, 빈정거림, 냉소 등등, 녀석은 다양한 무기를 죄다 써먹었다. 내가 더는 참지 못하고 나서려는 바로 그 순간, 앙주가 예의 그 멧돼지 인형을 꺼내어 털이 다 빠진 머리통에 보란 듯이 뽀뽀를 했다. 나는 울화통이 치밀어 올랐지만 꾹 참았다.

멧돼지 사건은 결국 부메랑이 되어 나에게 돌아왔다. 앙주는 자신의 징크스를 받아들이기로 했다. 앙주가 반에서 인기가 있는 편이라 그런지, 웃기게도 어릴 때부터 집착하던 인형을 학교에 가져오는 게 유행이 되어 버렸다. 교실이 무슨 폐품 수거함도 아닌데, 아이들은 다 터져 너덜너덜한 동물 인형이나 누더기를 걸친 꼭두각시 인형을 하나둘씩 가져오기 시작했다. 그래 놓고선 서로 자기 인형을 자랑스럽게 내보이며 떠들어 댔다.

파스드라파스의 수학 경시 대회 대비 수업은 점점 더 어려워졌다. 우리는 풀리지 않는 문제들의 들판에서 끝도 없이 헤맸다. 나는 정신을 집중해서 속으로 문제를 풀어 보곤 했다. 앙주가 문제를 다 파악하기 전에 벌써 연습장 귀퉁이에 풀이를 써 내려갔다.

어쨌든 나는 녀석에게 엄청 신경 쓰이는 존재가 되었다. 그리고 녀석은 아직 내 발끝에도 미치지 못했다. 앙주도 그건 안다. 하지만 그러면 뭐 하나? 내 경솔함의 대가를 백배로 쳐서 치르게 생겼는데. 하물며 모나에게까지 불똥이 튀게 만들지 않았는가?

"수학 경시 대회에서 네가 어떤 식으로든 나한테 알아서 기지 않으면 모나가 네 일기를 다 읽게 될 거야."

앙주는 분명히 그렇게 말했다.

나는 결국 모든 저항을 포기했다. 그냥 내 자리에 앉아서 멍하니 허공만 바라보았다. 저녁밥도 먹는 둥 마는 둥 했다. 부모님은 일주일 정도 뉴욕으로 여행을 가면 어떻겠느냐고 진지하게 물었다.

방금 모나와 메일을 주고받았다. 모나는 나에게 이렇게 썼다.

> 네가 있어서 참 좋아. 네가 얼마나 큰 힘이 되는지 몰라. 적어도 너는 세상의 불의와 맞서 싸울 줄 아는 사람 같아. 넌 정말 좋은 아이야.

답장을 쓰려는 순간, 등 뒤에서 인기척이 느껴졌다. 뒤를 홱 돌아보니, 엘로이즈 누나가 서 있었다. 누나는 모나가 나한테 보낸 메일을 읽고 송아지처럼 천천히 고개를 끄덕거렸다.

"얘, 짱 귀엽다."

나는 신경질적으로 노트북을 쾅 닫았다. 그 바람에 왼손 엄지손톱을 찧고 말았다. 하지만 일부러 소리를 지르지 않았다. 나도 이제 더 이상 과거의 닐스가 아니었다.

"메일도 읽었냐?"

"미안해. 네 일기…… 읽고서부터. 버릇이 됐네."

내 신경 세포들이 다시 연결될 틈도 주지 않고서 누나는 대뜸 이렇게 덧붙였다.

"사실은 네가 쓰는 이야기가 재미있어. 네 속내를 듣고 싶어."

나는 누나 얼굴을 빤히 쳐다보았다. 누나는 진심이었다. 그리고 몹시 난처해하고 있었다.

"내 속내?"

누나가 어깨를 으쓱했다.

"우리는 남매지만 솔직히 사이는 별로잖아. 너한테 진솔한 얘기를 듣는 건 처음이었다고."

"진솔한 얘기를 들어? 내 입으로 말했냐? 지금 장난해?"

누나가 또 한 번 어깨를 으쓱했다.

"그래, 맞아. 나한테 한 말은 아니었지. 네가 나한테 무슨 말을 하는 애냐?"

나는 갑자기 피곤해져서 손으로 두 눈을 지그시 눌렀다.

"잠깐만, 내가 누나에게 얘기를 했어야 되는 거야? 누나한테? 누나가 나한테 무슨 짓을 했는지 알기나 해? 모나에게 무슨 짓을 했는지는 알아? 누나가 '짱 귀엽다'고 한 그 애에게!"

나는 누나 말투를 그대로 흉내 내면서 소리를 질렀다.

"네가 먼저 엄마 아빠한테 고자질했으니까 그렇지. 어쨌든 지금은 후회해. 후회한다고."

“잘됐네. 아주 잘됐어. 누나도 후회를 한다니, 그래도 사람 같은 감정은 있나 보네. 이제 지능만 갖추면 확실한 사람이 될 수 있겠어. 자, 이제 나가 줘. 나, 할 일 있어.”

누나는 나가지 않았다. 내가 이렇듯 심하게 말했는데도 화를 내지 않았다.

“닐스, 누나는 너를 도와주고 싶어. 알아?”

“알아.”

“그런데 싫어?”

“싫어.”

누나는 한숨을 쉬면서 내 방에서 나갔다.

나는 다시 노트북을 열었다. 그새 모나의 메일이 또 와 있었다.

너, 괜찮은 거야? 아무 일 없어?

아까 내가 답장을 쓰려다가 노트북을 황급히 덮을 때 손톱을 찧는 바람에 자판이 손가락에 눌려서 이상한 메시지가 전송된 모양이었다. 보낸 메시지함을 확인해 보니 ‘qsdlkj?’라고 되어 있었다. 왠지 그 메시지가 내 머릿속 생각을 잘 담고 있는 것처럼 보였다.

11월 7일

수학 경시 대회의 완벽한 우승자

나는 계속 될 대로 되라는 심정이었다. 이 비참한 나날의 기록을 더는 끌고 갈 용기가 없었기 때문이다. 간단히 말해, 난 망했다. 물론 객관적인 생활은 전보다 나아졌다. 하지만 설탕 덩어리 도넛을 먹으면서 새벽 2시까지 공포 영화를 봐도 이제 아무 위안이 되지 않았다.

드디어 수학 경시 대회 날이 되었다. 나는 대회 불참을 고려했으나 앙주는 내가 더 확실하게 망신살이 뻗치기를 바랐다.

"참가 신청을 했잖아. 그러면 참가를 해야지, 친구야? 확실히 알아서 기어 주길 바라."

이 대회를 위해서 따로 마련된 교실에서 이십여 명이 시험을 봤다. 공식 답안지와 연습지가 참가자들에게 지급되었다. 교장 선생님이 간단한 인사말을 하고 문제지를 전달하게 되어 있었다. 심지어 신문 기자까지 와서 우리의 사진을 찍어 댔다. 그 기자는 우리를 보고 학창 시절의 안 좋은 추억이 생각났는지 표정이 자꾸 일그러졌다.

앙주와 모나가 각자 나에게 미소를 보냈다. 파스드라파스가 봉투를 열고 문제지를 꺼내자 교장 선생님이 직접 나눠 주었다. 교장 선생님은 칠판에 답안 제출 시각을 큰 글씨로 적어 놓은 뒤, 다들 열심히 하라고 당부한 다음 밖으로 나갔다.

나는 얼른 문제지를 읽어 보았다. 솔직히, 문제는 근사했다. 소설 빰치게 재미있는 문제였다. 샘물이 스며드는 지하 동굴과 그 동굴에 갇혀 버린 동굴학자 얘기였다. 산소의 양과 배낭의 무게, 손전등의 연속 사용 가능한 시간 등을 계산해 내야 했다. 나는 그 문제에 홀딱 반했다. 문제에 푹 빠져 또다시 본의 아니게 일을 저지르고 말았을 만큼.

앙주의 요구 조건, 나의 거짓말, 일기장은 깡그리 잊었다. 아니, 그런 것들은 저만치 밀어냈다. 그냥 동굴 속으로, 숫자들의 미궁으로, 파스드라파스의 꼬일 대로 꼬인 정신세계가 만들어 놓은 요지경 속으로 신나게 모험을 떠났다.

두뇌가 빠릿빠릿하게 돌아가기 시작했다. 잽싸게 펜을 집어 들었다. 그리고 묘한 흥분에 휩싸였다. 나는 모처럼 만에 자유로움을 느꼈다.

고개를 들어 보니 어느새 주어진 시간이 거의 다 되어 있었다. 나는 문제 풀이를 이미 끝내고 보너스 문제까지 깔끔하게 풀고 난 참이었다. 중간에 직직 긋고 다시 쓴 부분도 없었다. 간결하지만 물 흐르듯 매끄럽게 해결했다. 심지어 중심 문제가 제기하는 몇 가지 부수적인 문제를 좀 더 심화된 형태로 언급해 두기까지 했다.

앙주는 땀을 뻘뻘 흘리고 있었다. 모나도 함정에서 헤어나지 못하는 눈치였다. 파스드라파스가 모두 펜을 내려놓으라고 하자, 모나는 마지못해 황급히 뭐라고 한 줄을 더 썼다. 문제를 끝까지 풀지 못한 모양이었다.

"오늘 안에 채점을 끝낼 거다. 오늘 저녁이면 결과가 나올 거야."

선생님이 말했다.

그것은 이 대회의 전통이었다. 파스드라파스가 특별히 마련된 교실에 오후 늦게까지 틀어박혀 모든 답안지를 꼼꼼하게 살피고, 평가하고, 우열을 가렸다. 운동장에 나와 있는 참가자들은 초조해질 수밖에 없었다. 괜히 목소리를 낮추고, 숨을 크게 들이마시고……. 그러다 이따금 파스드라파스가 채점을 하고 있을 교실 창문을 흘

끗거렸다.

오후도 거의 다 끝나 갈 무렵, 학교 정문으로 참가자 학부모들이 하나둘 들어왔다. 학부모들은 교사의 안내에 따라 모두 강당에 집합했다. 시간은 재깍재깍 흘러갔고, 나는 내가 얼마나 큰일을 저질렀는지 곱씹어 보고 있었다.

앙주는 난생처음으로 엄청난 모욕감을 느끼겠지. 녀석은 아무리 잘해 봤자 2등일 거다. 모나도 그 점만은 통쾌해하겠지. 하지만 모나가 바보가 아닌 이상, 자기가 잘 가르친 덕분에 내가 1등을 했다고 믿기야 하겠는가.

나는 먼 훗날 어떤 영화감독이 내 일기를 읽고 나의 영웅적인 행위에 감동해서 이 일을 멋지게 영화로 만드는 상상을 했다. 결과가 나올 때까지 시간을 죽이기 위해서 어떤 배우를 캐스팅하면 좋을지까지 생각해 봤다.

오후 5시 직전, 도살장에 끌려가는 심정으로 다른 아이들과 함께 강당으로 향했다. 그때 교장 선생님이 양복 차림의 키 큰 남자를 직접 안내해서 강당으로 들어가는 모습이 보였다.

"앙토냉 아르누야."

모나가 나에게 귓속말을 했다.

앙토냉 아르누는 엄청 유명한 수학자다. 이십 년 전, 그가 이 수학 경시 대회의 1회 우승자였단다. 지금은 전 세계를 돌면서 강연을 하고 있는데, 아무리 바빠도 이 대회만큼은 매년 참석해서 자리를 빛내 주고 있다나. 게다가 오늘은 저 수학자가 참가자들에게 직접 답안지를 돌려준다고 했다.

나는 숨이 턱 막혔다. 앙주가 의심스럽다는 듯이 나를 곁눈질했다. 그래도 세상에는 나보다 더 끔찍한 상황에 처한 사람들도 있겠지. 그저께 아빠와 함께 텔레비전에서 보았던 가축 도살장에 대한 다큐멘터리가 떠올랐다.

대회 참가자들은 맨 앞줄에 앉았다. 강당이 꽉 찰 정도로 사람들이 많이 왔다. 우리 학교 전교생을 수용할 수 있을 만큼 큰 강당인데도 말이다. 단상에는 새하얀 탁자보를 씌운 긴 탁자가 놓여 있었다. 관리인 장미셸 아저씨가 나를 발견하고는 살짝 아는 척을 했다. 아저씨가 그 자리에 있다는 것만으로도 마음이 조금 든든해졌다.

하지만 다음 순간, 불행히도 아저씨 왼편에 앉아 있는 엄마 아빠의 얼굴이 눈에 들어왔다. 엄마 아빠보다 세 줄 앞에 누나와 누나의 남자 친구 이폴리트가 나란히 앉아 껌을 씹고 있었다. 희한하게도 이폴리트가 나를 보고 수줍게 미소를 지었다. 잠깐이지만—더는 생각할 시간이 없었으므로—왜 진즉에 누나 남자 친구랑 인사라도 나눌 생각을 하지 못했을까 싶었다.

교장 선생님이 목청을 가다듬고 마이크를 잡았다. 스피커에서 위잉 하고 울리는 소리와 지지직 하는 잡음이 일어났다. 수학자는 우리를 눈여겨보고 있었다. 내 옆자리에 앉은 모나가 초조하게 손가락을 꼼지락거렸다. 귀에 벌레가 들어간 것처럼 윙윙 소리가 났다.

그 순간, 파스드라파스가 벌떡 일어났다. 그러고는 수학자에게 답안지 뭉치를 엄숙한 얼굴로 건네주었다. 스피커에서 또 한 번 잡음이 심하게 일어나더니 알아들을 수 없는 말소리가 드문드문 들렸다. 드디어 교장 선생님이 봉투를 열었다.

"우승자는……."

교장 선생님은 엄숙하다 못해 조금 우스꽝스러워 보였다.

나도 모르게 모나의 손을 꼭 쥐었다. 그 애는 긴장한 나머지, 내가 손을 잡아도 모르는 눈치였다. '안녕, 모나, 이제 우린 이별이구나. 먼 훗날, 네 역할을 맡을 여배우가 너처럼 예뻤으면 좋겠다.'

"……앙주 게르니사크입니다."

나는 눈이 번쩍 뜨였다.

앙주?

앙주가 1등을 했다! 이건 있을 수 없는 일이었다.

내가 이렇듯 내 실력을 전부 쏟아부어서 문제를 푼 적은 여태 한 번도 없었다. 이토록 멋지고 우아하게 함정을 피해 간 적도 없었다.

문제를 온전히 푼 것뿐만 아니라 내가 쓴 방법 말고 다른 방법으로도 풀이가 가능하다는 것까지 보여 주었다. 절대로 앙주가 나보다 잘했을 리가 없었다.

앙주가 자리에서 일어나 단상을 향해 걸어갔다. 수학자 앙토냉 아르누는 고개를 끄덕거리면서 답안지를 훑어보았다.

"축하해. 예술적으로 잘 풀어냈어."

수학자는 그렇게 말하고 앙주에게 답안지를 돌려주었다.

교장 선생님이 앙주에게 챙 없는 괴상한 모자를 씌워 주었고, 대회 후원사 은행의 은행장이 장학금 증서를 수여했다. 모나는 옆자리에서 초조하게 발을 동동 굴렀다.

다행히 모나는 오래 초조해할 필요가 없었다. 교장 선생님이 곧바로 2등으로 모나의 이름을 불렀기 때문이다. 모나는 자리에서 벌떡 일어났다.

"2등이라니, 잘했구나. 많이 노력했네."

앙주가 제자리로 돌아와 앉으면서 조그맣게 중얼거렸다.

모나가 내 손을 잡았다.

"부탁이야, 같이 나가 줘. 단상에 올라가려면 도움이 필요해."

그래서 나는 모나에게 팔을 내어주고 단상까지 함께 걸어갔다. 박수갈채가 요란하게 울려 퍼졌다. 그 순간 내가 느낀 감정은 말로

다 표현하기 어렵다. 아니, 사실은 아무런 감정도 느껴지지 않았다. 나는 그냥 곰곰이 생각에 빠졌다. 도대체 어떻게 된 일일까?

그때 부모님 얼굴이 얼핏 눈에 들어왔다. 엄마 아빠는 내가 무슨 큰일이라도 당한 것처럼 격려의 미소를 보내고 있었다. 나는 눈을 질끈 감았다.

마음을 애써 가라앉혔다. 아무리 못 해도 분명히 3등은 될 거라고 생각했다. 얼간이 연기에 너무 심취한 나머지, 진짜 얼간이가 되어 버렸나 보다. 운명을 거스르는 게 아니었는데. 그러면서도 내 이름이 바로 불려질 거라는 기대를 하지 않으려 애썼다. 정말이다.

나는 꼴찌였다.

교장 선생님이 유감스럽다는 듯이 내 이름을 불렀다. 교장 선생님은 아무렇지도 않은 척 인자한 표정을 지으려 했지만, 어쩌다 이런 전통 있는 대회에 나 같은 어중이떠중이까지 꼈는지 의아해하는 눈치였다. 하지만 내가 아까 모나의 도우미 역할을 했기 때문에 그런 자격으로 참가한 학생쯤이라고 여기는 것 같기도 했다.

곱고 귀한 화초에는 손이 많이 가는 법이다. 모나를 돌보아주는 역할을 맡았으니 나도 완전히 쓸모없는 녀석은 아니었다.

내가 이렇게 울적한 기분으로 다시 한 번 단상을 향해 걸어가는 동안, 수학자는 맨 아래쪽에 삐뚤게 놓여 있던 내 답안지를 심각한 표정으로 훑어보았다.

참가만 하면 받을 수 있는 '애석상'과 함께 내 답안지를 받으러 교장 선생님 바로 앞까지 갔는데도 수학자는 답안지 검토에 푹 빠져 있었다. 상품은 모 할인 판매점 상품권이었다.

"저기, 아르누 선생님?"

교장 선생님이 점잖게 수학자에게 눈치를 주었다. 그런데도 저명한 수학자는 고개를 도리도리 저으면서 내 답안지에서 눈을 떼지 않았다.

"잠시만 기다려 주십시오."

지금 심각하다, 방해하지 말라, 라는 듯한 말투였다. 왠지 파스드라파스의 얼굴이 불편해 보였다. 그러더니 홀연히 일어나서 수학자에게 다가가 나지막하게 말했다.

"귀중한 시간을 빼앗는 것 같아서……, 안타깝지만 이 학생은 아주……."

순간, 수학자가 성난 눈으로 쏘아보자 파스드라파스는 금세 입을 다물었다. 그때서야 나는 오늘 하루가 조금 견딜 만하게 느껴졌다.

교장 선생님이 청중을 향해 온화하게 웃었다. 나는 교장 선생님이 시간을 때우기 위해 노래라도 한 곡조 뽑으려는 줄 알았다. 이윽고 사람들이 웅성거리기 시작했다. 양주와 모나는 당혹스러운 표정을 지었다.

드디어 수학자가 내 답안지에서 고개를 들었다. 그는 어두운 터널을 빠져나온 사람처럼 눈을 끔벅끔벅했다. 딴 세상에 갔다가 현실로 돌아와서 상황 파악에 잠시 시간이 필요한 것처럼. 그는 내 답안지를 망원경처럼 둘둘 말아 쥐고 아무 말 없이 자리에서 일어나 마이크 앞으로 다가갔다.

"신사 숙녀 여러분, 수학 경시 대회의 시상식 진행에 문제가 좀 있었다고 말씀드려야겠습니다."

수학자의 목소리는 엄숙했다. 파스드파라스는 눈이 휘둥그레지다 못해 앞으로 튀어나올 지경이었다. 목이 갑자기 몇 센티미터는 늘어나 보였다.

"이 학생은 흠잡을 데 없는 답안을 작성했습니다. 또한 풀이 과정이나 계산의 정확성에서 1등상을 차지한 학생의 답안보다 훨씬 더 우수합니다."

파스드라파스가 수학자에게서 내 답안지를 홱 낚아챘다. 그러고는 부들부들 떨면서 손가락으로 한 줄 한 줄 짚어 가며 내 답안지를 읽어 내려갔다.

"파스드……, 아니, 쿠르틀랭 선생님, 이게 어떻게 된 일입니까?"

교장 선생님이 지나치게 뾰족하다 싶은 목소리로 추궁했다.

파스드라파스는 곧바로 대답하지 않았다. 그저 내 답안지를 읽고 또 읽었다. 여기저기서 휘파람 소리가 났다. 이폴리트도 휘파람을 분 사람 중 한 명이었다. 누나는 껌 씹는 것마저 잊고 있었다.

파스드라파스가 교장 선생님에게 바짝 붙어 나지막이 속삭였다.

"솔직히 말씀드리겠습니다. 이 답안지를 보긴 했습니다만, 제가 꼼꼼하게 읽지 않았던 것 같습니다. 평소에 워낙 학습 태도가 성실하지 못한 학생이어서……."

파스드라파스는 교장 선생님에게만 조용히 말하려 했지만 마이크가 켜져 있었기 때문에 이 말이 강당 전체에 울렸다. 곧 청중들이 야유를 보냈다.

"거짓말하지 마세요. 선생님은 이 답안지를 검토하지도 않으셨을 겁니다. 제가 아는 선생님은 그래요."

수학자가 조용히 한마디 했다.

파스드라파스는 누가 양쪽 귀에 전극을 붙이기라도 한 듯 화들짝 놀랐다.

"앙토냉……."

"선생님 수업이 지금도 생생히 기억납니다. 이십 년 후에도 저는 기억할 거예요. 다행스럽게도 저는 재능이 뛰어나 주목받는 학생이었죠. 선생님은 저에게 격려를 아끼지 않으셨어요. 하지만 저만큼 운이 좋지 않았던 다른 학생들을 생각하면 솔직히 마음이 아팠습니다."

이 말에 강당 안이 쥐 죽은 듯 고요해졌다. 수학자가 마이크를 사용하지 않은 채 앙주에게 장학 증서와 우스꽝스러운 우승모를 가지고 다시 올라와 달라고 말할 수 있을 만큼.

"미안하다, 너도 참 잘했어. 그저 너보다 잘한 학생이 나타났을 뿐이야. 네 풀이 방법은 다소 교과서적이었단다. 앞으로 더 큰 발전이 있을 거야."

수학자가 앙주에게 말했다.

다소 교과서적이라니. 앙주는 그 자리에서 당장 캉캉 춤을 추라는 말을 들었어도 이보다 더 새파랗게 질리지는 않았을 것이다. 녀석은 완전히 벌거벗겨진 셈이었다. 나는 감히 모나를 바라볼 수가 없었다.

여기저기서 박수 소리가 터져 나왔다. 플래시도 터졌다. 은행장이 장학 증서를 앙주에게서 받아 나에게 건네며 내 등을 가볍게 툭툭 쳤다. 바질이 벌떡 일어나 물개 박수를 쳤다. 그러자 모두 기립 박수를 쳤다. 이윽고 부모님이 보였다. 엄마는 아빠 품에 안긴 채 흐느껴 울고 있었다.

하지만 그 순간, 나는 드디어 정신을 차렸다. 연기를 깔끔하게 밀고 나가야 했다. 지루하기 짝이 없던 시상식이 짜릿한 대반전을 보여 주었지만 거기에 계속 취해 있을 수는 없었다. 얼간이 중의 얼간이가 이렇게 완벽한 우승자가 되다니! 이게 말이 돼? 부정 행위를 의심받을지도 몰라. 담배 사건까지 다시 화제에 오르면 어떡하지? 빨리 대책을 세워야 했다, 지금 당장.

교장 선생님이 내게 마이크를 넘겨주면서 소감을 몇 마디 부탁한다고 했다. 나는 그나마 가장 확실한 방향을 택했다. 애초 계획대로 밀고 나가기로 한 것이다. 나는 목청을 가다듬고 또랑또랑한 목소리로 이렇게 말했다.

"같은 반 친구 모나의 도움이 없었다면 꿈도 못 꾸었을 일이에요. 모나가 오랜 시간 참을성 있게 저의 공부를 도와주고 자신감을 심어 주었습니다. 모나가 저를 자랑스럽게 생각했으면 좋겠다는 마음으로 열심히 노력해서 이런 결과를 얻게 된 것 같습니다."

나는 파스드라파스에게 은근히 시선을 보냈다. 선생님은 내 눈길을 피했다.

"그래서 저는 이 장학 증서를 모나에게 주고 싶습니다. 저는 모나야말로 이 대회의 진정한 우승자라고 생각해요."

그다음에 일어난 열광적인 반응은 뭐라고 표현할 길이 없다. 모두들 함성을 지르고 노래를 불렀다. 너나없이 단상으로 나왔다. 운동부 형들이 모나를 번쩍 들어 올렸다. 눈 깜짝할 사이에 내 뺨과 귀에 뽀뽀 세례가 쏟아졌다.

잠시 후, 급식소 영양사 선생님들이 투명 비닐봉지에 싼 과자와 오렌지를 가져다주었다. 모나는 내 옆에 딱 붙어 있었다.

"네가 정말 자랑스러워. 가슴이 터질 것 같아."

모나의 눈이 반짝반짝 빛났다. 그 순간, 내가 뭐에 씌었는지 모르겠다. 더는 배겨 낼 재간이 없었다.

앙주가 이제 당장 내 일기장을 모나에게 넘길 것만 같았다. 설령 모나가 그 일기장을 보지 않는다 해도 앙주가 나의 거짓 얼간이 작전을 몽땅 폭로할 터였다. 그럼, 나랑 모나는 단박에 끝장나겠지.

나는 마음을 굳게 먹었다.

"저리 좀 가자."

나는 모나를 사람들의 시선이 미치지 않는 곳으로 데려갔다. 어쩌면 모나는 내가 키스를 하려고 그러는 줄 알았을 거다. 단상에서 폭풍 감동의 소감도 밝혔겠다. 이날의 여운이 사라지기 전에 첫 키스까지 갈 법도 했다. 하지만 나의 일그러진 표정을 보고 금세 내 불편한 심경을 눈치챈 듯했다. 나는 그 애가 아무것도 묻지 못하게 다짜고짜 모든 일을 고백해 버렸다.

처음부터 어떻게 된 일인지, 어쩌다 얼간이로 살기로 결심했는지, 지금까지 내가 어떤 연극을 했는지, 내가 얼마나 비겁했는지 다 말했다. 그래도 수학 경시 대회에서 일부러 져 주지 않았다는 한 가닥 자부심만큼은 숨길 수가 없었다.

"어쨌든 너도 짐작하지 않았을까? 너처럼 좋은 선생님이 도와줘도 일차 방정식 하나 못 풀던 애가 별안간 이런 대회에서 1등을 할 리 없잖아."

모나는 갑자기 조용해졌다. 주위에서도 아무 소리가 들리지 않았다. 저쪽에서는 다들 그새 나를 잊어버린 듯 뷔페로 우르르 몰려가고 있었다. 수학자는 교장 선생님과 얘기를 나누는 중이었다. 파스드라파스는 보이지 않았다.

"아니야."

모나가 드디어 입을 열었다.

"아니라니? 뭐가?"

모나가 내 눈을 똑바로 쳐다보았다.

"아니, 난 이런 일 짐작 못 했어. 나로서는 상상할 수도 없는 일이야. 특히 네가 그럴 줄은 몰랐어. 있잖아, 나는 거짓말쟁이들을 알아. 내가 세상에서 제일 미워했던 사람이 누군지 알아? 내가 반드시 보통 사람들처럼 걷게 될 거라고 굳게 약속했던 의사 선생님이야. 그런데 이젠 네가 그 의사 선생님보다 더 미워."

모나는 그 말을 남기고 가 버렸다.

그 후, 시간이 어떻게 흘러갔는지 모르겠다. 몇몇 사람이 다가와 나에게 말을 걸었다. 엄마 아빠도 만났다. 그러나 나는 웃기게 생긴 우승모를 쓴 채 멍하니 서 있었다. 문득, 축축한 손이 내 팔꿈치를 잡았다.

"뭐 해? 꿈이라도 꾸냐?"

앙주였다.

몸이 부르르 떨렸다. 앙주가 끝장을 내러 왔구나. 하지만 너무 늦게 왔다. 적어도 내가 앙주보다 먼저 끝장을 내긴 했다. 내 입으로 모나에게 진실을 전했으니까. 내가 직접 고백하는 것만이 나의 용기를 입증할 유일한 방법이었다. 나는 생각했다.

'그래, 모나에게 다 보여 줘. 나만의 개인적인 기록을 가지고, 너 하고 싶은 대로 다 떠들어 봐. 상관없어. 내가 졌어. 하지만 내 숨통은 네가 아니라 내가 끊은 거야.'

"저기, 있잖아. 생각을 해 봤어."

앙주가 말했다.

나는 곧바로 경직되었다. 앙주는 뭐랄까? 겸연쩍은 표정을 짓고 있었다. 하지만 난 녀석을 너무 잘 알았다. 일부러 저러는 거겠지. 지금 막 자기가 차지한 유리한 입장을 과시하려 들겠지. 뭐, 어차피 여기서 더 나빠질 것도 없을걸.

"네가 아까 수상 소감 말할 때…… 많은 생각이 들더라. 내가 정말 비겁한 제안을 했어. 어쨌거나 나는 너에게 졌어. 내가 모나랑네 사이를 망쳐서 뭐 하겠어?"

앙주는 원망스러울 만큼 순순히 내 일기장을 돌려주었다.

"자, 받아, 네 일기장 돌려줄게. 모나에겐 암말 안 할게. 약속해. (앙주는 여기서 잠깐 말을 멈추고 생각에 잠겼다.) 그런데 저기, 궁금한 게…… 네가 일기장에 나에 대해서 쓴 거 말이야. ……진짜 …… 너, 진짜 날 그렇게 쓰레기라고 생각했어?"

나는 좀비처럼 쓸쓸하게 웃어 보였다.

"아냐. 앙주, 넌 절대 쓰레기가 아니야. 그래서 나만 병신 됐지만."

나는 일기장을 받지 않고 그대로 뒤돌아 걸어갔다. 이제 일기장은 앙주가 가져도 상관없다. 책으로 내도 상관없다. 인터넷에 뿌려도 내 알 바 아니다.

그다음에는 무슨 일이 있었는지, 어떻게 내 방까지 돌아와서 이렇게 오늘 하루 일을 세세하게 쓰고 있는지 기억도 안 난다. 가려운 옛 상처 부위를 긁어 대듯이 미친 듯이 글만 쓰고 있다. 나도 나를 걷잡을 수가 없다.

11월 14일

저주받은 스타

아무 낙도 없는 나날이다. 사는 게 재미없다. 가슴속에 늪 하나가 생긴 것 같다. 나는 완전히 해이해졌다. 전교 1등을 놓치지 않는 학생으로 돌아가 버렸다. 앙주가 수학 경시 대회로 타격을 크게 받았는지, 이제 나보다 한참 뒤에서 논다.

글쓰기 주제가 뭐가 나오든 나는 항상 나의 불행과 비참, 장차 있을지도 모르는 우주 멸망에 대한 글만 쓴다. 그리고 파스드라파스가 내는 연습 문제는 일종의 분노를 실어서 죄다 풀어 버린다.

수학 경시 대회 이후로 파스드라파스도 완전히 위축되어서, 그렇잖아도 누렇고 꼬장꼬장한 얼굴이 더 안 좋아 보인다. 나는 마감 시간 이십 분 전에 식당 퇴식구에 빈 식판을 내밀 듯 답안지를 제출하고서는 턱을 괴고 앉아 멍하니 구름을 바라본다. 파스드라파스가 다른 문제를 더 풀어 보지 않겠느냐고 하면 기꺼이 관심을 기울여 답을 구하고는 연방 다시 멍한 상태로 돌아간다.

당연히 이러한 생활 태도는 골치 아픈 문제들을 몰고 왔다. 무엇보다 먼저 아빠 엄마의 고질병이 도졌다. 엄마는 내가 매일 저녁 에일리언을 잡아 죽이면서 스트레스를 푸는 게임 시디를 몰래 감추려 했다. 나는 다음 날 당장 단어 시험에서 스무 개를 틀려 왔다. 그러자 엄마도 더 이상 고집을 피우지 않고 게임 시디를 돌려주었다. 하여간 엄마 아빠는 풀어 주면 안 된다. 엄마 아빠를 상대로 살아남으려면 늘 정신을 바짝 차려야 한다.

수학 경시 대회 사건으로 같은 반 친구들과의 관계도 많이 달라졌다. 나는 뭐랄까, 일종의 저주받은 스타가 되었다. 친구들은 나를 감탄스러워하기도 하고 두려워하기도 했다. 어떤 애들은 내가 처음부터 연기를 하면서 자기들을 가지고 놀았다고 생각했다. 또 어떤 애들은 내가 정말 공부를 못했는데 모나 덕분에 기적이 일어났다고 믿었다.

앙주는 수학 경시 대회 이후로 완전히 딴사람이 됐다. 이제 녀석은 나를 무슨 도사님 보듯 했다. 심지어 내가 자신의 앙주(천사)가 되어 공부를 도와주기 바랐다. 앙주는 벌써 세 번이나 자기 집에 오라고 했고, 두 번이나 영화관에 같이 가자고 했다. 나는 그때마다 핑계를 대고 빠져나왔다.

더 심각한 문제가 있다. 모나가 바질과 단짝이 됐다. 교실에서도 둘이 나란히 앉고, 식당에서도 서로 마주 보는 자리에서 점심을 먹고, 엘리베이터도 같이 탄다. 운동장에서 걔네 둘이 딱 붙어 다니는 모습을 볼 때마다 배가 막 아프다.

모나보다 키가 훨씬 큰 바질은 연신 고개를 끄덕이면서 그 애 말을 귀 기울여 듣는다. 모나가 바질과 있을 때는 말이 엄청 많다. 바질은 듣기만 하고, 늘 모나가 말을 한다. 도대체 무슨 할 말이 그렇게 많을까?

바질에게 물어봤더니 녀석은 난처한 표정을 지었다.

"정말 미안한데, 모두 개인적인 얘기라서."

모두 개인적인 얘기라……. 그래, 됐다.

어제 저녁, 대강 확신을 얻었다. 사실은 학교 끝나고 바질과 모나를 몰래 뒤따라갔다. 두 사람은 모나네 집까지 함께 걸어갔다. 둘이 무슨 얘기에 그렇게 폭 빠졌는지, 내가 바로 뒤에서 심벌즈를 쾅쾅 울려 대어도 뒤를 돌아보지 않을 것 같았다.

모나 엄마가 문을 열고 환한 얼굴로 둘을 맞아들였다. 모나 엄마는 바질과 뺨을 맞대는 인사까지 나눴다. 순간, 배신감이 확 들었다! 전에는 날 좋게 보는 것 같았는데 그새 바질에게 넘어가다니!

하지만 바질은 미워할 수 없다. 바질은 참 변하지도 않는 녀석이다. 여전히 나사가 하나 풀린 것 같은 친구다. 물건을 잘 떨어뜨리는 녀석의 버릇은 요즘 더 심해졌다. 손수건, 껌, 식판이 허구한 날 녀석의 손에서 빠져나갔다.

모나랑 뭐 하는지 말을 안 해서 그렇지, (모나가 말하지 말라고 했을 거다.) 다른 부분은 예전 그대로다. 전 과목 평균 점수는 40점대로, 꾸준히 우리 반에서 바닥을 깔아 주고 있다. 만약 모나가 공부를 가르쳐 주고 있다면 완전히 실패한 거다.

하지만 그건 아니다. 애정 문제다. 둘 다 소심한 편이라 학교 밖에서 이성 친구를 만날 그릇이 못 되는데 같은 반에서 서로 정이 들었나 보다. 다 내 잘못이다. 모나는 눈을 빛내며 말하고 바질은 허허실실 웃는다. 서로 마음이 잘 맞는 기색이 역력하다. 내 속이 썩어 들어간다.

나는 장미셸 아저씨에게 쉬는 시간마다 청소를 하고 싶다고 했다. 그래서 우리는 함께 쓰레기를 줍고 다닌다. 낙서를 문질러 지우는 일도 아저씨가 빨리 나에게 맡겨 줬음 좋겠다. 몸을 쓰면 마음이 좀 편해진다.

큼지막한 고무장갑을 끼고 스펀지로 벽을 빽빽 문질러 대고 싶다. 긁고, 닦고, 문지르고, 씻어 내고 싶다. 하지만 당분간은 비닐봉지 따위나 열심히 주워야겠다. 나는 쓰레기를 기계에 넣어 잘게 부수고는 그 쪼가리들이 시커먼 쓰레기통에 떨어지는 모습을 멍하니 바라보았다.

"아직 어린 애가 이렇게 열심히 일하는 모습을 보니 기분이 참 좋구나."

아저씨가 감탄조로 말했다.

누나는 나 때문에 창피해 죽으려 한다.

아주 잘된 일이다.

11월 17일

누나의 남자 친구

두 가지 중요한 일이 있었다. 나에게도 조금은 희망이 생겼다.

일단 바질이 실토를 했다. 나의 괴로움을 덜어 주려고 그랬던 건 아니고, 그냥 녀석이 너무 흥분해서 실수를 한 거다.

오늘 아침에 바질은 두툼한 종이 꾸러미를 안고 와서 자기 자리에 내려놓았다. 내가 묻지도 않았는데 들떠서 제 입으로 이렇게 말했다.

"우리 소설이야."

나는 잠시 이게 무슨 뚱딴지 같은 소리인가, 하고 고개를 갸웃거렸다. 그러나 곧 바질이 다 말해 주었다.

"사실은 나랑 모나가 소설을 썼어. 너도 알지? 평행 우주 이야기.

내가 모나에게 몇 가지 아이디어를 제공했어. 음, 성운 속 그 어딘가에 사는 주민들, 그러니까 가상 세계의 주민들 얘기인데……. 아무튼 모나랑 둘이서 줄거리를 다듬고 글도 같이 썼어. 교정은 모나가 보고."

나는 하늘을 쳐다보고 싶었지만 꾹 눌러 참았다.

"그 얘기 알지? 평행 우주 콘셉트를 많이 발전시켰어. 구름 속에 사는 사람들은 일종의 중간적인 삶을 살기 때문에 끊임없이 변신을 하는 거야. 이 사람들은 반드시……."

"바질! 됐어!"

"응?"

"난 관심 없어."

인정한다! 그래, 내가 속 좁게 굴었다. 하지만 그렇게 쏘아붙이니 스트레스가 좀 풀렸다. 솔직히 그 얘기를 듣는 순간, 질투가 났던 것 같기도 하다. 단둘이서 책을 만들다니! 서로의 마음과 생각을 그보다 깊이 나눌 수 있는 일이 또 있을까? 바질은 처음으로 나에게 화를 냈다.

"너에게 한번 읽어 보고 생각을 말해 달라고 하려 했어. 하지만 다른 사람에게 부탁해야겠다."

잘됐네, 다른 사람 찾아봐. 너랑 수준이 비슷한 괴짜로 말이야.

구름, 안개, 증기에 환장하는 놈으로 찾아보라고, 건투를 빈다!

그날 오후, 집으로 돌아오는데 어찌나 화가 치밀어 오르던지 누나를 붙잡고 이 얘기를 늘어놓았다. 누나는 이 사태에 자기 책임이 있다고 생각했기 때문에—사실이 그렇지만—내 기분을 풀어 주려고 노력했다. 하지만 아무래도 역부족이었다.

나는 누나 남자 친구가 우리에게 다가오는 소리도 못 들었다. 무심코 뒤를 돌아보았다가 소스라치게 놀랐다. 이폴리트가 스쿠터를 밀면서 우리를 내처 따라오고 있었기 때문이다. 나는 화를 낼까 생각해 보았지만 그럴 만한 이유가 없었다. 게다가 이폴리트는 내 기분이 풀릴 만한 방법을 제안했다.

"이거 타고 한 바퀴 돌아 볼래? 엘로 전용 헬멧을 빌려 줄게."

엘로? 엘로! 엘로와 이포? 맙소사!

"안 돼, 얘는 아직 어리단 말이야."

누나가 반대하고 나섰다.

"왜 그래, 엘로! 동생이 우울해하잖아. 좀 봐줘."

"좋아, 하지만 너무 빨리 몰지는 말아 줘."

"자, 타!"

나는 굳이 사양하지 않았다. 이포는 내가 헬멧을 쓰고 스쿠터에 바른 자세로 앉도록 도와주었다. 누나 얼굴에 걱정하는 기색이 역력하자 왠지 모르게 기뻤다. 그래, 누나도 나한테 애정이라는 게 있긴 있구나 싶어서. 사실 누나는 골치 아픈 일이 생길까 봐 걱정했을 뿐일 테지만.

"꽉 잡아!"

이포의 허리를 꽉 붙들자 스쿠터가 냅다 출발했다. 나는 곧바로 스쿠터와 사랑에 빠졌다. 바람을 능가하는 속도감, 가슴을 울리는 소리, 행인들의 얼빠진 표정, 그 모든 것이 좋았다. 한마디로 내가 불량 소년이 된 것 같았다. 나중에 나도 여자 친구에게 내 허리를 꽉 안으라고 한 뒤 할리 데이빗슨을 타고 지구를 누비고 다닐 테다. 그 여자 친구가 누구든 상관없어. 모나라면 비명을 지르겠지. 두렵기도 하고 신나기도 해서 마구마구 소리를 지르겠지.

"너무 빨리 몰지 마요, 형!"

"괜한 걱정 마. 조깅하는 사람들 속도 정도밖에 안 돼."

내 입에서 어떡하다 형 소리가 나왔나 모르겠다. 큰 소리로 혼잣말하는 버릇부터 고쳐야겠다.

나는 눈앞의 풍경에 집중했다. 갑자기 내가 전에 와 봤던 곳이 나타났다. 그때 오늘의 두 번째 중요한 사건이 일어났다. 뜻밖에도 모나가 어떤 건물에서 걸어 나왔던 것이다. 하지만 모나네 동네가 아니었다. 모나 옆에는 개네 엄마가 함께 있었다. 다음 순간, 그곳이 어딘지 기억이 났다. 내가 다니는 심리 상담소 건물이었다.

모나가 그 심리 상담소 건물에서 나오다니! 그게 무슨 의미인지도 모르면서 왠지 운명이 나를 도와주고 있다는 느낌이 들었다.

이포 형이 다시 나를 보도에 내려 주었을 때, 내 얼굴은 확연히 밝아져 있었다.

“한 바퀴 돌고 난 효과가 끝내주는데? 아까까지 우거지상이더니 얼굴이 확 폈다?”

누나가 놀란 얼굴로 한마디 했다.

“맞아, 복잡한 머리 식히는 데는 스쿠터 드라이브가 짱이야.”

나는 헬멧을 ‘매형’에게 돌려주었다.

“고마워, 형. 저기, 형에게 점점 호감이 가. 그런데 내가 하고 싶은 말은…….”

이포 형의 얼굴이 조금 어두워졌다.

“뭔데?”

“음, 형 이름은 전혀 우스꽝스럽지 않아.”

이포 형이 누나를 보며 물었다.

“네 동생, 항상 이래?”

“응, 항상 이 모양이야.”

누나가 못 말린다는 듯이 대꾸했다.

11월 19일

직업상 비밀

물론 부모님에게는 내가 또다시 정신적으로 흔들리는 티를 단단히 냈다. 나는 긴급히 상담을 받지 않으면 또다시 성적이 곤두박질칠 거라는 암시를 충분히 주었다. 엄마는 곧바로 전화기를 들고 다음다음 날로 상담 약속을 잡았다.

"네가 날 보고 싶어 했다면서?"

심리 상담사 선생님은 별로 궁금하지도 않다는 듯한 얼굴로 서랍에서 내 상담 기록을 찾으면서 물었다.

나는 내가 준비한 말이 부담스러워 땀을 삐질삐질 흘렸다. 내 목표는 단순했다. 모나가 무슨 생각을 하고 있는지 알고 싶었다. 다 알 필요는 없었다. 그냥 나에 대한 생각만 알면 되었다. 심리 상담사 선생님은 모나의 얘기를 들었을 것이다. 그러니까 나에게 말해 줄 수 있을 것이다.

"무슨 일인지 말해 보렴."

침묵이 흘렀다. 나는 벽에 붙어 있는 커다란 원숭이 그림을 쳐다보면서 용기를 내려고 애썼다.

"저 그림이 마음에 드니? 나한테 상담받는 아이가 자기 아빠를 그린 거야. 아주 인상적이지? 실제로 걔네 아빠랑 닮았단다."

다시 침묵이 흘렀다.

"모나에 대해서 얘기하고 싶어요."

선생님은 눈썹 하나 까딱하지 않았다. 마치 '모나'라는 이름을 처음 듣는 사람 같았다. 선생님은 펜을 코 가까이로 가져가 냄새를 맡는 시늉을 했다. 볼펜 잉크 냄새를 좋아하나 보다. 나도 볼펜 잉크 냄새를 좋아하는데.

"모나는…… 같은 반 친구예요. 저번에, 음, 걔가 여기서 나오는 걸 봤어요."

"그래, 나도 모나를 알아."

침묵. 대기실에서 의자가 삐걱대는 소리가 들렸다. 엄마가 몹시 초조해하고 있을 듯했다. 나는 심호흡을 하면서 잉크 냄새를 들이마셨다. 심리 상담소의 창은 작고 조용한 공원 쪽으로 나 있었다.

벽은 마음을 차분하게 가라앉히는 베이지색이었다. 전에 보지 못했던 라디에이터가 눈에 띄었다. 문득 내가 주위의 사물을 전혀 눈여겨보지 않는다는 사실을 깨달았다.

"모나가 너를 어떻게 생각하는지 알고 싶어?"

나는 목에 덩어리가 걸린 것 같은 기분이었지만, 간신히 기어 들어가는 소리로 "바로 그거예요."라고 대꾸했다.

"직업상 비밀이라서 말해 줄 수 없단다. 상담 내용은 절대로 남에게 말할 수 없게 되어 있거든. 달리 물어보고 싶은 건 없니?"

나는 아무 말 없이 부루퉁한 얼굴을 했다. 여기서 보내는 일 분 일 초가 다 엄마 아빠 돈인데, 침묵으로 돈을 흘려보내고 있다고 생각하니 오히려 속이 시원했다. 이게 바로 아동 청소년 심리 상담사들이 돈을 버는 이유가 아닐까? 의미 없는 시간이 한참 흘러간 뒤, 선생님이 자리에서 일어났다.

선생님은 나에게 문을 열어 주면서 나직이 속삭였다.

"모나의 파일이랑 공책을 잘 살펴보렴."

심리 상담사 선생님이 미소를 지었다. 내 마음은 벌써 내일 우리 반 교실에 가 있었다.

11월 20일

모나의 공책

"잘 살펴보렴."

말은 쉽다. 나는 이제 모나랑 나란히 앉지 않는다. 내가 지금 앉은 자리에서 모나의 공책은 보이지 않는다. 그 애의 어깨에 가려 공책에 뭘 쓰는지 하나도 안 보인단 말이다.

하지만 기회는 있었다. 쉬는 시간이 되어 아이들이 모두 밖으로 나갈 때, 나는 휴대용 티슈를 가져가려다 깜박 잊은 척하면서 도로 교실로 들어갔다. 재빨리 모나의 가방을 열어 보았다. 모나의 파일과 공책의 표지에는 모두 똑같은 그림이 그려져 있었다.

구름.

커다란 구름 그림이었다.

구름 속에는 날개를 활짝 편 거대한 거위 등에 올라탄 소년이 그려져 있었다. 모나가 바질과 함께 썼다는 그 바보 같은 소설의 표지도 이 그림이었다.

심리 상담사 선생님한테 한 방 먹었다! 선생님은 차마 나에게 대놓고 진실을 말할 수 없었던 거다. 모나는 바질을 좋아한다. 내가 알아서 눈치를 깠어야 했다. 직업상 비밀은 무슨!

나는 화가 머리끝까지 나서 그날 당장 상담 약속을 잡아 달라고 엄마를 졸랐다. 엄마는 통장 잔고를 생각하는 듯 한숨을 쉬었지만 바로 전화를 걸어 약속을 잡아 주었다.

운이 좋았다. 원래 잡혀 있던 약속 하나가 취소됐단다. 어쩌면 자기 아빠를 원숭이로 그린 그 아이일지도 모르겠다. 어쨌든 내가 그 시간에 상담을 받고 싶으면 그렇게 하란다. 당장 내일 오후다.

11월 21일

닐스의 이상한 모험

나는 다짜고짜 선생님에게 따졌다.

"이게 선생님이 말씀하시고 싶었던 건가요? 구름? 모나가 바질이랑 쓰레기 같은 소설을 쓰는 걸로는 부족하대요? 둘이 사귀기라도 하겠대요? 하여간 놀랐어요! 선생님이 어떻게 저한테 이러실 수가 있어요?"

그새 심리 상담사 선생님의 머리 모양이 바뀌었다. 우리 엄마 아빠의 소중한 돈으로 새로 염색을 했나 보다. 솔직히 선생님에게 잘 어울리긴 했다. 간간이 앞머리를 넘길 때마다 더 예뻐 보였다.

"그렇게 머리 모양에 신경 쓸 여력이 있으시면 저를 돕기 위해 더 노력하셨어야죠!"

내가 생각해도 당돌한 말이었지만 절대로 후회하지 않는다. 나도 사람의 행동을 분석할 줄 안다. 하지만 아무도 등쳐 먹지 않는다.

"참 잘했구나, 닐스. 관찰력이 아주 뛰어난데?"

선생님은 내 말에 움찔했지만 금세 아무렇지도 않은 듯이 굴었다. 뭐랄까, 자기 힘으로 얼굴이 빨개지지 않도록 혈류를 조절할 수 있는 사람 같았다. 다시 무거운 침묵이 흘렀다.

문득 방금 선생님이 한 말이 이상하게 느껴졌다. 선생님이 뭐 대단한 말을 한 건 아니다. 다만, 그 말투가 뭐랄까? 그중에서도 특히 한 단어가 마음에 콕 박혔다. 무슨 단어냐고? 나는 속으로 선생님이 한 말을 다시 떠올렸다.

'닐스.' 그렇다, 내 이름이다. 선생님은 내 이름을 힘주어 발음했다. '참 잘했구나, 닐-스.' 뭐지? 내 이름을 기억하고 있다는 뜻인가? 자기가 그만큼 직업 정신이 투철한 심리 상담사라고 티 내는 건가? 그게 아니면…….

닐스. 엄마 아빠가 내 이름을 왜 닐스라고 지었더라? 그 사연은 귀에 못이 박히도록 들었다. 내 이름은 엄마가 어릴 때 좋아했던 책에서 따 왔다. 제목은《닐스의 이상한 모험》.

닐스라는 소년의 여행 이야기. 닐스는 거위를 타고 날아다닌다, 구름 속으로!

11월 22일

가증스런 천재 소년

나는 따발총처럼 질문을 퍼부었지만 심리 상담사 선생님은 무엇 하나 속 시원히 대답해 주지 않았다. 그 그림이 저에게 보내는 메시지일까요? 제가 파일이랑 공책 표지마다 모나리자를 그린 거랑 마찬가지일까요? 그러니까 은근슬쩍 사랑을 고백했다고 봐도 되는 거예요? 만약 그렇다면 모나가 왜 저를 계속 무시하는 건데요?

다음 날 학교에서 앙주에게 일기장을 이제 돌려받고 싶다고 말했다. 솔직히 나는 수학 경시 대회 날 이후로 옛 일기장은 거의 잊고 지냈다. 그런데 뜻밖에도 앙주가 안절부절못하는 게 아닌가.

"저기, 닐스, 미안해서 어떡하지? 그 일기장, 이제 나한테 없어!"

앙주한테 내 일기장이 없단다.

끝내준다. 나만의 비밀스러운 기록이 아무렇게나 떠돌다가 곧 어느 공갈 협박범 손아귀에 들어가려나 보다.

"그래도 어떻게 되었는지는 알 거 아니야? 어디다 팔아먹기라도 했어?"

"아니, 그, 그런 건 아니고…… 누구에게 맡겼어."

앙주는 조심스레 눈짓으로 운동장 저편에서 바질과 수다를 떨고 있는 모나를 가리켰다.

"내 일기장을 모나에게 넘겼다고?"

"모나가 나한테 와서 간절히 부탁하는데 어떡해. 진짜야. 음, 너희 사이가…… 벌어진 다음이었어. 그때는 걔가 일기장을 읽어도 달라질 게 없었다고."

틀린 말은 아니다. 게다가 내가 앙주에게 내 일기장을 구워 먹든 삶아 먹든 마음대로 하라고 하지 않았던가. 앙주는 내가 화를 내기 전에 재빨리 덧붙였다.

"있잖아, 모나는 정말로 너밖에 몰라."

"진짜 그렇게 생각해?"

"생각하고 말고도 없어. 걔가 네 일기장을 받아 가려고 자존심도 버리고 나한테 매달렸거든. 게다가 너한테 절대로 말하면 안 된다고 얼마나 애걸복걸했는데."

"약속 한번 잘 지켰구나."

"그래서? 난 어차피 밉상이잖아. 네가 나에 대해서 뭐라고 썼는지 생각 안 나? '세 번째 인물은 앞의 아이들과 반대로 이 학교에 끝내주게 적응을 잘하고 있어서 눈에 띈다. 가증스러운 천재 소년 되시겠다. 나랑 좀 비슷하지만 나보다 더 짜증나는 스타일?' 네 일기장에서 내가 처음 등장하는 대목이야. 어찌나 뼈에 사무치는지 지금도 달달 외우고 있다고."

"내가 너무 심했어. 미안하다. 너는 천재 소년까지는 아니야."

"참 고맙구나."

"나랑 모나랑 다시 잘될 수 있을까?"

"아니."

"걔가 나밖에 모른다며?"

"그래서 힘들 것 같아."

앙주도 그렇고, 나도 그렇고, 여자의 심리에 대해서 그동안 참 많이 배운 것 같다.

11월 24일

냉혹한 미소

큰일 났다. 이러다 큰일 나는 거에 습관 들겠다. 이번 사건도 순전히 나 혼자 자초한 셈이다.

쥐 죽은 듯 조용한 수학 시험 시간, 생각을 정리하기에는 딱 좋은 때였다. 함수의 그래프를 비롯해서 이런저런 문제를 후딱 해치우고 난 뒤, 내가 처한 상황을 간단히 정리해 보았다.

1. 모나는 나한테 푹 빠졌다.

2. 모나 입으로 그렇다고 인정할 리는 없다.

3. 모나는 나의 거짓말에 상처받았다.

하. 지. 만!

1. 모나는 내 일기장을 다 읽었으면서 나에게 그 사실을 숨기고 있다.
2. 모나는 《닐스의 이상한 모험》 그림으로 나에게 메시지를 보냈다. 게다가 나의 모나리자 그리기에 이런 식으로 호응함으로써 암묵적으로(무의식적으로?) 자기가 내 일기를 읽었다고 고백한 셈 아닌가?
3. 바질하고 붙어 다니는 것도 나의 질투심을 유발하려는 수작 아닐까?

따. 라. 서. 어떻게 한다?

이상의 내용을 연습지가 아니라 답안지에 끼적거리고 있었다는 것을 깨달은 순간, 파스드라파스의 넓적한 손이 잽싸게 내 답안지를 낚아챘다.

파스드라파스의 냉혹한 미소를 보면서 답안지를 돌려 달라고 해봤자 아무 소용 없다는 걸 직감했다. 나는 어깨를 으쓱하고 교실에서 나갔다.

11월 25일

넌 진짜 얼간이야

오늘 파스드라파스가 수업 끝나고 남으라고 했다. 당연한 일이었다. 선생님 표정을 보고 드디어 오늘 날 잡았구나, 하는 생각이 들었다. 수학 경시 대회 사건 이후로 파스드라파스는 예전 같지 않았다. 기나긴 교사 생활을 통틀어, 그렇게 망신살이 뻗친 적은 없었을 거다.

그리고 내가 바로 그 사건의 원흉이었다. 사실, 지금까지 파스드라파스가 나를 가만히 내버려 뒀다는 게 더 놀라운 일이었다. 교장 선생님이 눈을 부릅뜨고 있어서 섣불리 움직이지 못했겠지. 어쨌든 파스드라파스는 지금까지 아주 점잖게 굴었고, 항상 내 답안지를 꼼꼼하게 채점하고 공정하게 점수를 주었다. 수업에서 내가 뭔가 불이익을 당한다고 느낀 적은 한 번도 없었다.

하지만 교실에서 나가려는 나를 파스드라파스가 불러 세운 순간, 혀로 살짝 침을 바르며 푸른빛이 도는 입술을 연 순간, 나는 드디어 올 것이 왔다는 걸 직감했다. 그래서 꼼짝도 못 한 채 바닥만 내려다보고 있었다.

"교실 문 닫아라."

나는 시키는 대로 했다.

파스드라파스가 엄숙한 표정으로 자리에서 일어나 교실 안을 서성거리며 말했다.

"자, 말해 보련? 무슨 일이니? 답안지가 네 일기장이냐?"

"죄송합니다, 선생님. 실수였어요. 제가 딴생각을 했어요."

수학 선생님은 닌자가 검을 휘두르듯 재빠른 손짓으로 내 말을 끊었다.

"실수냐 아니냐는 전혀 중요하지 않아. 다만 네가 한 행동에는 책임을 져야지."

나는 '갈색 꼬마 곰' 캐릭터처럼 무슨 말인지 모르는 척 순진한 얼굴을 해 보였지만, 파스드라파스는 갈색 꼬마 곰을 모르는지 오히려 걱정스러운 표정을 지었다.

"왜 그러냐? 속이 안 좋아?"

"아뇨……. 저는 그냥, 음, 제가 쓴 내용을 엄마 아빠나 교장이 보시는 일은 없었으면……."

파스드라파스가 펄쩍 뛰었다.

"교장 '선생님'이라고 해야지!"

"아, 맞다……. 죄송합니다."

"죄송하다는 소리는 이제 그만해. 아까도 말했지만 자기 행동에는 책임을 지도록. 나 또한 내 책임을 회피하진 않을 거다."

나의 바보 같은 실수가 골치 아픈 일을 얼마나 끌고 들어올지 안 봐도 훤했다. 해결하기도 뭐한 문제, 오만 가지 해명, 바로잡아야 할 오해가 얼마나 많을까? 그 후에야 겨우 나만의 절망적인 고독에 조용히 처박힐 수 있겠지.

"네가 너희 부모님께 알리고 싶어서 수학 시험 답안지에 그런 글을 끼적이진 않았겠지? 교장 선생님도 아실 필요가 없는 일이고. 하지만 내 과목 답안지니까, 나한테 질문한 거라고 생각한다. 나는 네 질문을 피하지 않을 거야. 내 생각을 말해 볼까, 닐스?"

나는 잠깐 이렇게 대꾸하면 어떨까 생각했다.

'아뇨. 선생님의 배려에 감사드립니다만, 저는 이만 운동장에 나가서 친구들과 어울리고 싶습니다. 기회가 되면 다음번에 듣지요.'

하지만 어쩌겠는가? 내가 용기를 내기 전에 파스드라파스가 먼저 입을 열었다.

"넌 진짜 얼간이야, 닐스."

마음이 너무 무거웠다. 만약 파스드라파스가 스파이더맨처럼 천장으로 기어 올라갔다 해도 내 마음이 더 불편하지는 않았을 거다.

"모나가 바질과 함께 쓴 소설은 읽었겠지? 적어도 그건 봤겠지?"

나는 고개를 저었다. 내 마음속의 일부는 여전히 파스드라파스와 대화를 나누고 있었지만, 다른 일부는 누군가 나타나 이 끔찍한 대화를 어서 끝내주기를 세상의 모든 신이란 신에게 빌고 있었다.

"난 벌써 읽어 봤다. 고맙게도 바질이 나에게 보여 주더구나."

파스드라파스는 새삼 감격스럽다는 듯이 말했다.

"당연하지만 아직은 문체가 단단히 여물지 못했더구나. 습도 측정에 대한 부분이나 사랑에 빠졌을 때 하는 행동 등은 좀 말이 안 된다고 생각했다. 하지만 아직 어린 학생들이니까 어쩔 수 없지. 그리고 전체적으로 아주 좋은 에너지를 받을 수 있었단다. 열의가 고스란히 느껴졌거든. 만약 네가 그 소설을 읽었더라면 모나 문제로 이렇게까지 갈피를 잡지 못하지는 않을 거야."

다시 목에 뭐가 걸린 듯 갑갑했다. 나는 더듬거리며 무슨 뜻인지 물었다.

"모나는 모험을 꿈꾸고 있어! 낭만과 연애를 동경하는 소녀란 말이야! 소설 속에서 모나는 하늘을 날아다니면서 지구를 내려다보며 자기가 좋아하는 소년을 찾는 새가 되었지."

파스드라파스의 얼굴이 내게로 바짝 다가왔다. 나는 따귀라도 한 대 맞을 줄 알았다. 하지만 선생님은 나를 지나쳐 문 쪽으로 성큼성큼 걸어갔다. 그리고 문을 홱 열어젖혔다. 우리 반 애들이 문밖에서 킬킬대며 엿듣고 있었던 것이다.

"조용히 해! 전부 나가! 한마디라도 들렸다간 봐라! 우린 지금 심각하다!"

아이들은 모두 입을 딱 다물었다. 파스드라파스는 쾅 소리가 나게 문을 닫고 다시 내 쪽으로 걸어왔다.

"넌 여기서 숫자에 고개를 처박고 좋은 성적만 받을 줄 알았지, 바로 네 옆에서 무슨 일이 일어나는지는 모르고 있어. 사람의 애타는 심정을 그렇게 몰라서야, 원."

선생님이 갑자기 입을 꾹 다물고 손으로 이마를 잠시 짚었다. 분명히 선생님 본인 이야기를 하고 있다는 확신이 들었다.

"얘야, 인생을 그냥 흘려보내선 안 돼. 넌 수학이나 공부 면에서는 어려움을 전혀 모를 거다. 하지만 나머지는 네가 많이 배워야 해. 내 말을 믿으렴. 아무리 신명나게 살아도, 나중에 돌아보면 늘 후회가 남는 게 인생이야. 그러니 당장 네가 해야 할 일을 해!"

나는 그 말에 수긍하지만 어찌해야 할 바를 몰라서 그냥 두 손을 벌려 보였다. 내가 해야 할 일이 뭐란 말인가?

“모나가 이미 방법을 알려 줬을걸. 내 생각엔 틀림없는데.”

“방법이라고요?”

“그래, 자기가 너에게 뭘 기대하는지 이미 말했을 거야. 네가 새겨듣지 않았을 뿐이지.”

그 순간, 희한하게도 모나랑 처음 가까워질 때 나누었던 대화가 또렷이 떠올랐다.

‘나는 그저 별을 쳐다보며 오래오래 걷는다든가, 몇 시간이고 신나게 춤을 춘다든가, 마라톤에서 우승을 한다든가, 그런 게 불가능할 뿐이야.’

나는 모나가 했던 말을 그대로 파스드라파스에게 전했다.

파스드라파스가 옳다구나, 하고 이마를 쳤다.

“바로 그거야! 모나를 춤추게 해!”

선생님은 거의 고함을 치다시피 외쳤다. 나는 문밖에서 누가 우리 얘기를 듣지 않기만을 바랄 뿐이었다.

“춤을요? 하지만 선생님…….”

나는 나의 두 발을 가리켰다. 선생님이 아무래도 모나가 다리가 불편하다는 점을 잊고 있는 듯했기 때문이다.

"그러니까! 그렇기 때문에 더욱더!"

파스드라파스가 내게로 바짝 다가와 어깨에 손을 얹고 내 눈을 뚫어지게 들여다보았다.

"선생님이 페르마의 정리 같은 난제는 못 풀어도 이것만은 자신 있게 말할 수 있단다. 어떤 소녀가 널 붙잡고 자기는 결코 춤을 추지 못할 거라고 슬픈 표정으로 말했다면, 그건 네가 파트너가 되어 주었으면 좋겠다는 뜻이야. 모나를 댄스 파티에 초대하렴."

이윽고 선생님이 교실 문을 열자 아이들이 우르르 들어왔다. 그 다음 시간 수업은 모두가 주리를 틀 만큼 따분하고 괴롭기 그지없었다.

11월 26일

채택하기 두려운 답

당연한 일이지만 집에 돌아와서 파스드라파스의 정신 나간 행동을 잊으려고 노력했다. 파스드라파스가 잠깐이지만 그렇게 열에 들떠 흥분하는 모습은 나밖에 못 봤을 거다. 적어도 나밖에 모르는 일이었으면 좋겠다. 나는 누구에게도 말하지 않겠노라 다짐했다. 하지만 불을 끄고 자리에 눕자, 선생님이 했던 말이 스멀스멀 떠올랐다.

만약 선생님 말이 맞다면?

댄스 파티라.

문득 엘로이즈 누나에게 생각이 미쳤다. 누나는 틈만 나면 춤 연습을 했다. 동화에서처럼 무도회에 못 가게 하는 새엄마가 있는 것도 아닌데, 언제나 몰래 춤추러 다니기 바빴다. 귀에 이어폰을 꽂았다 하면 본능적으로 엉덩이부터 실룩대는 사람이 우리 누나 아닌가. 나는 늘 누나 때문에 춤을 우습게 여겨 왔다.

안 된다, 우리 딸! 너는 춤추러 가면 안 돼.

갑자기 그런 노랫말이 생각난다.

하지만 말이다.

자, 이제 퍼즐의 모든 조각이 맞춰졌다. 나는 답을 찾았다.

확실한 답.

하지만 채택하기가 두려운 답.

11월 27일

유별난 생일 파티

당연히 누나에게 맨 먼저 말했다. 누나의 도움이 절대적으로 필요하니까. 요컨대, 피해 갈 수 없는 첫 단계였다. 그다음 단계라고 해서 덜 힘들라는 법은 없지만 말이다.

내가 조심스럽게 말을 꺼냈더니, 누나는 침대에서 벌떡 일어나 앉았다.

"저기……, 그러니까 네가…… 나한테 춤을 배우고 싶다고?"

"누나가 원한다면 수강료도 낼게."

"하지만 닐스, 넌…… 리듬을 전혀 탈 줄 모르잖아. 나무젓가락처럼 뻣뻣하기만 하다고."

나는 발끈하지 않았다.

“그리고 누나가 날 좀 도와줘야 해. 엄마 아빠를 설득해서 내 생일에 집에서 파티를 열 수 있게 해 줘. 우리 반 친구들 다 초대할 거야. 그리고 누나랑 이포 형이 내 파티 여는 걸 도와주면 좋겠어.”

“재밌겠다!”

때마침 창문으로 이포 형이 고개를 빠끔 내밀며 외쳤다.

형을 보니까 기운이 났다. 형을 내 편으로 만들면 좀 더 승산이 있을 것 같았다.

“제발 부탁이야, 누나!”

“알았어. 그런데…… 네 생일이 얼마 남았지?”

“딱 두 달 남았어.”

“안 되겠다. 시간이 너무 없어. 미안해.”

“아니, 걱정 마. 당장 내일 오후부터 특훈이다.”

이포 형이 말했다.

11월 28일

구제 불능의 야수

특훈 첫 시간부터 누나에게 지적이란 지적은 다 당해서 내 영혼이 온통 너덜너덜해졌다. 선생님으로서의 누나는 파스드라파스 뺨치게 깐깐했다. 내가 리듬이라는 것을 이해하거나 스텝을 제대로 밟게 되는 날보다, 인류가 목성에 기지를 건설하는 날이 더 빨리 올 거라나.

나는 이를 악물었다. 모나만 생각했다. 모나를 내 품에 안고 밤새도록 왈츠를 추는 상상을 했다. 모나가 발을 절어도 아무 문제가 되지 않을 만큼 기민하고 당당하게 춤을 이끄는 내 모습을 꿈꾸었다. 모나는 드레스를 입을 거고, 우리는 영원히…….

"자, 처음이니까 내가 틀어 주는 음악을 듣고 너 하고 싶은 대로 해 봐. 일단 수준부터 확인해 보자."

누나의 댄스 교습은 그렇게 시작됐다.

이포 형이 옆에서 고개를 끄덕였다. 형은 우리의 댄스 교습을 매번 참관할 모양이었다. 둘 중 아무도 나에게 양해를 구해야겠다는 생각은 들지 않은 듯했다.

"무슨 생각 해, 닐스? 준비됐니?"

"응."

"대답을 그렇게밖에 못해?"

"알았어!"

"누구에게 하는 말이야?"

"알았습니다, 위대하시고 훌륭하신 누님!"

한쪽이 다른 쪽에게 권력을 행사할 수 있는 상황이 되면 복종과 존경의 표시를 대놓고 요구할 수 있는 법. 만약 누나가 뭔가 문제를 풀다가 막혀서 도움을 청한다면 이렇게 말하라고 할 테다.

"오, 닐스, 존경스러운 동생아! 너의 번득이는 천재적 두뇌로 나의 몹쓸 무지를 밝혀 주겠니?"

뭐, 그래도 인정한다. 춤을 가르쳐 달라는 내 요구보다는 모르는 문제 가르쳐 달라는 누나의 요구가 훨씬 더 평범한 거니까.

누나가 재생 목록에서 첫 곡을 틀자 묵직하면서도 날카로운 음향이 방 안을 가득 채웠다. 내 딴에는 음악에 집중한다고 했는데, 솔직히 뭘 어떻게 해야 할지 막막하기만 했다. 나는 다시 한 번 파스드라파스의 조언을 되새겼다.

그때는 선생님 말씀이 해괴하게만 들렸다. 나는 지금껏 순전히 두뇌가 지배하는 삶을 살았다. 이제 머리는 그만 굴리고 내 몸, 내 영혼, 내 안에 잠든 동물적인 본능이 깨어나 말하게 해야 했다.

그때 아빠가 방문을 살짝 열었다. 그야말로 경악을 금치 못하는 표정이었다. 아빠가 뭐라고 말을 하자, 우리는 오디오를 가리키며 안 들린다는 시늉을 했다. 아빠는 잠깐 그러고 있다가 결국 아무 말도 못 하고 뒤돌아 나갔다.

"자, 시작해, 닐스!"

이포 형이 외쳤다.

그래서 나는 춤을 추기 시작했다.

나를 옭아매는 고리와 내 삶을 결박한 끈을 하나하나 풀어냈다. 닻줄을 풀고 음악의 파도에 내 몸을 맡겼다. 눈을 감은 채 음악의 가락이 내 무의식의 화면에 그리는 이미지에만 집중했다. 그렇게 나는 춤을 추었다.

나는 흥분한 사람처럼 격렬하게, 그러나 애정을 담아 열심히 춤을 추었다. 모나를 위한 춤이었다. 세상의 중력, 게을러 터진 부동

성(不動性), 규칙을 모두 거부하는 마음으로 춤을 추었다.

춤에는 거짓도 없고 계산도 없고 잔머리도 없다. 팔, 다리, 가슴으로, 전에는 한 번도 취해 보지 않는 자세들을 탐색했다. 내가 마치 인디언 주술사나 한 마리 야수가 된 듯한 기분이 들었다.

그런데 갑자기 음악이 뚝 그쳤다.

눈을 떠 보니 누나와 이포 형이 희한한 표정을 짓고 있었다.

한참 만에 형이 침묵을 깨뜨리고 머리를 긁적이면서 말했다.

"전에 우리 집에서 키우던 개가 말벌에게 귀 안쪽을 쏘인 적이 있거든. 가엾게도 그 개가 이렇게 미쳐 날뛰었는데……."

나는 이마의 땀을 닦았다.

"저……, 왜 갑자기 그런 얘기를 하는지 모르겠는데……."

누나가 불길할 정도로 다정한 목소리로 끼어들었다.

"닐스, 생일 파티를 여는 방법은 아주 다양해. 예를 들어, 모노폴리 게임을 하는 건 어떨까? 날씨가 좋으면 밖에 나가서 보물찾기를 해도 재미있겠지. 어떻게 생각해? 보물찾기 괜찮지?"

나는 누나의 침대에 털썩 주저앉았다.

"도저히 못 써먹겠어?"

형과 누나가 서로의 얼굴을 바라보았다. 두 사람이 방금 본 것을 진심을 다해 설명하고 싶은 눈치였다. 하지만 형과 누나는 그것조

차도 금방 포기했다.

"네 말 그대로야. 도저히 못 써먹겠어."

형이 간단하게 정리했다.

"열심히 해도 안 될까? 죽어라 노력해도? 밤낮으로 춤에 매달려도 정말 안 되겠어?"

엘로 누나가 내 옆에 양반다리를 하고 앉았다.

"닐스, 달팽이가 밤낮으로 죽어라 노력했더니 나비가 되어 훨훨 날아갔다는 얘기 들어 봤어?"

"음……, 아니. 그건 어렵겠지."

"그래, 네가 애쓴다고 될 일이 아니야."

나는 그만 내 방으로 건너가 잠자리에 들었다.

1월 15일

나비가 되고 싶은 달팽이

나는 포기하지 않았다. 최근에는 일기도 쓰지 않았다. 춤 연습을 하느라 바빴다. 틈나는 대로 춤에만 매달렸다.

내가 얼마나 노력해야 했는지는 말하지 않겠다. 굳센 의지, 악착같은 열의, 영웅적인 도전 정신을 굳이 들먹이지 않겠다. 누나 방에서 몇 시간이고 스텝과 동작을 연습하고, 누나와 형의 댄스 시범을 주의 깊게 지켜보았다.

사는 게 참 불공평하다. 형이랑 누나는 그냥 기본 자세에서 손가락만 살짝 흔들어도 멋지고 섹시하고 우아해 보였다. 두 사람의 춤은 마치 한 편의 이야기 같았다. 그 이야기를 보고 있노라면 어떨 때는 한바탕 웃고 싶고 어떨 때는 실컷 울고 싶다.

아, 내 춤도 그런 기분을 불러일으키기는 마찬가지지만 이유가 좀 많이 다르다. 나는 달팽이 이미지에 사로잡혀 있다. 인정할 수밖에 없다. 춤에 대한 소질로 말하자면, 나는 나비가 되고 싶어 하는 달팽이와 조금도 다를 바가 없다.

하지만 달팽이로 타고난 몸뚱이라 해도 나는 열심히 흔들었다. 몸에 힘을 줬다가, 발버둥을 쳤다가, 등을 구부렸다. 패기 있게 중력의 법칙에 도전했다. 내 발톱은 360도로 다 깨지고 망가졌다. 그 전까지는 나에게 있는 줄도 몰랐던 근육의 쓰임새를 발견했다.

조금 지나자 간질 발작 같기만 하던 내 춤도 아주 조금 나아졌다. 성의 있는 감상자라면 음악과 동작이 웬만큼 이어진다고 생각할 수도 있는 수준까지 올라섰다.

"조명이 어두운 데다가 다들 춤추기에 바빠서 신경 안 쓸 거야."

이포 형은 나를 격려하느라 이렇게 말했다.

누나는 아직 좀 더 신중한 태도를 견지했다.

나는 집에서 생일 파티를 하게 해 달라고 부모님을 열심히 설득했다. 댄스 파티라는 말은 하지 않았다. 심리 상담사 선생님도 내게 힘을 실어 주었다. 선생님은 내가 중학교 생활을 더 적극적으로 하기 위해선 그런 파티가 크게 도움이 된다는 식으로 말했다.

아빠 엄마는 결국 허락할 수밖에 없었다. 부모님이 파티에 끼시 못하게 하는 일이나, 유치한 고깔모자나 색종이 장식 따위를 사지 못하게 하는 일은 훨씬 더 까다로웠다. 아빠가 생일 파티에서 이벤트로 스무 고개 대회를 열고 싶어 해서 말리느라 애먹었다.

"아빠 엄마는 방에서 쉬세요. 이포와 내가 다 알아서 할게요."

누나가 말했다.

아, 내가 깜박 잊고 말 안 했는데 나의 고자질 때문에 누나가 아빠에게 질질 끌려왔던 그날 이포 형은 첫 단추를 잘못 끼운 셈이었지만, 다행히 우리 엄마 아빠의 마음을 조금씩 얻는 데 성공했다.

심리 상담사 선생님은 그런 '형' 같은 존재가 '대안적 남성성'의 좋은 모델이 되어 줄 수 있기에 때문에 나의 정서적 안정에 이롭다고 말했다. 물론 아빠는 눈살을 찌푸렸다. 하지만 내 성적이 다시 좋아진 이후로 우리 부모님에게 심리 상담사 선생님은 신성한 예언자나 다름없는 존재가 되어 있었다.

우리 반 전체에 돌릴 초대장도 다 만들었다. 모나에게 전할 초대장에는 무척 공을 들였다. 앞면에는 모나리자를, 뒷면에는 거위를 타고 하늘을 나는 소년 닐스를 그렸다.

행운이 따른다면 모나가 이 초대장을 보자마자 금세 내 품에 뛰어들지도 모른다. 그러면 우리 둘이서 꼭 껴안고 소파에 죽치고 앉아 다른 애들이 춤추는 모습을 구경만 해도 되겠지.

1월 17일

낭만을 꿈꾸는 소녀

계획대로 되는 일이 어쩌면 이렇게 하나도 없을 수가 있나?

일이 착착 풀리지 않는다. 솔직히 말해, 내 생각이 짧았다. 나는 학교 운동장에서 초대장을 나눠 주면 아이들이 좋아라 하고 내 주위로 몰려들어서 앞 다투어 초대장을 받아 갈 줄 알았다.

그런 생각만으로도 가슴이 벅찼다. 초대장 꾸러미를 가슴에 안고 학교 정문으로 저벅저벅 걸어 들어갔다. 그런데 왠지 조금 꺼림칙한 기분이 들었다.

일단 모나에게 미리 말했어야 했다. 이 댄스 파티가 사실은 모나 한 사람을 위한 것이고, 다른 친구들은 그냥 들러리일 뿐이라고. 먼저 모나를 설득하고 안심시켰어야 했다. 모나가 그린 거위를 탄 소녀의 숨은 뜻을 내가 이미 알고 있다고 은근슬쩍이라도 눈치를 주었어야 했다.

모나는 지금껏 한 번도 댄스 파티에 초대받은 적이 없으니 겁을 먹을 만도 했다. 모나의 저항을 예상하고 충분히 시간을 들여 준비했어야 했다. 일을 거창하게 벌여놓고 짠, 하고 터뜨리는 방법은 옳지 않았다. 모나가 파티에 안 오면 어떻게 되지? 기뻐하기는커녕 모욕으로 받아들인다면? 내가 앙갚음이라도 한다고 생각한다면?

생각해 보라. 우리는 공식적으로 틀어진 사이이다. 모나의 원망을 내가 서운하게 생각하지 않는다 해도 그 속마음을 누가 알 수 있을까? 모나도 나처럼 우리 둘이 고난의 가시밭길을 건너 끝내는 영원한 사랑으로 맺어져야 한다고 생각하란 법도 없지 않나?

게다가 곰곰이 생각해 보니, 내가 모나의 초대장에 그려 넣은 그림이 너무 형편없었다. 거위는 늙어빠진 암탉과 비슷했고, 모나리자도 아이언맨과 유사했다.

그래서 내가 초대장을 다시 만들면서 진짜 계획다운 계획을 세워야겠다고 결심하고 있는 찰나, 앙주가 옆에서 불쑥 나타났다.

"안녕, 닐스! 그 봉투 꾸러미는 다 뭐야?"

"아, 아무것도 아니야."

그 순간, 초대장 꾸러미가 와르르 운동장에 쏟아졌다.

아이들이 무슨 일인가 싶어 우르르 몰려들었다. 그러다 몇몇은 봉투에 쓰여진 자기 이름을 보고 얼른 주워 들었다. 눈 깜짝할 사이에 벌어진 일이지만, 대처하기에는 너무 늦었다.

"파티를 연다고? 너희 집에서?"

"와우, 신난다!"

아이들 머리통 너머로 저만치 떨어져 서 있는 모나와 바질이 보였다. 그 둘은 이 소동에 전혀 관심이 없다는 표정을 짓고 있었다. 잠시 뒤 수업 시작종이 울렸고, 운동장 바닥에는 두 사람의 초대장만 덩그러니 남았다. 나는 모나와 바질의 초대장을 주워서 가방에 챙겨 넣었다.

그날 하루는 참 길었다. 내 생일 파티 얘기는 급식 시간과 쉬는 시간 내내 단연 화제의 중심이었다. 아이들은 잔뜩 들떠 있었다. 뜬금없게도 내 방이 어떻게 생겼는지 무지무지 보고 싶다나. 심지어 우리 엄마와 아빠, 엘로이즈 누나에 대해서도 궁금해했다.

모나와 바질은 자연스럽게 둘만 따로 놀았다. 둘은 초대장을 받지 못한 만큼 철저히 소외되었다고 느끼는 듯했다. 그럴 만도 했다. 그런데 이렇게 끔찍한 오해가 또 있을까?

모나와 바질에게 다가가 초대장을 내밀 기회가 좀체 없었다. 솔직히 용기도 나지 않았다. 모나가 나를 바라보는 눈빛은 화가 난 것 같기도 하고 슬픈 것 같기도 했다. 바질은 나를 보고 조용히 웃기만 했다.

시간이 갈수록 내가 정말 바보 같은 짓을 했다는 생각이 들었다. 이 모든 게 파스드라파스 때문이다. 내가 이제 와서 초대장을 내밀어 봤자, 모나는 자기를 동정한다는 것으로밖에 여기지 않을 터이다. 내가 내 무덤을 파려고 초대장에 그 못난 그림을 그려 넣었던가. 모나는 초대장을 받자마자 내 얼굴에 패대기를 칠지도 모른다.

집으로 돌아오는 길에 나는 결심을 굳혔다. 파티고 뭐고 다 취소하기로. 그러자면 마땅한 핑계를 찾아야 했다. 누나가 스쿠터 사고를 당했다고 둘러대면 어떨까? 정 핑계거리를 못 찾으면 집에 불이라도 지르지, 뭐.

그런 생각을 한창 하고 있을 때, 엄마가 기분 좋게 상기된 얼굴로 내 방에 들어왔다.

"너희 반 학부모들이 전화를 걸어서 초대해 줘서 고맙다고, 아이를 생일 파티에 꼭 보내겠다고 하지 뭐니? 너한테 초대받은 걸 아주 큰 영광으로 생각하더구나. 사람들이 참 좋아. 게다가 엄마의 N+1도 이제 우리 집을 찾지 않을 수 없게 됐어! 너도 알지? 부카르 씨 말이야! 대단한 일이야! 아, 네 생일 파티 전에 거실 도배를 새로 할 시간이 있을까?"

엄마는 신이 나서 나를 꼭 끌어안았다.

"넌 정말 특별한 아이야! 생일 파티를 하니 이렇게 좋은 걸, 엄마가 왜 망설였나 몰라! 빨리 출장 요리업체에 연락해 봐야지. 이번 생일은 두고두고 기억에 남게 해 줄게. 엄마만 믿으렴!"

엄마가 내 방에서 나가자마자 나는 누나 방으로 달려갔다. 누나의 도움이 필요했다. 누나는 이포 형과 찰싹 붙어 있었다.

"야, 노크 좀 해!"

"미안, 저기……."

"사과 똑바로 못 해?"

"죄송합니다. 아리땁고 훌륭하신 누님, 저……."

"무슨 일이야?"

형이 걱정스럽게 물었다.

나는 자초지종을 모두 고했다. 누나와 형은 잠시 동안 아무 말이 없었다.

"망했네."

드디어 누나가 결론조로 이 말을 뱉었다.

하지만 이포 형은 자리를 박차고 일어났다.

"가자."

"어딜?"

"모나네 집. 내가 데려다 줄게."

다행히도 나는 생각할 시간이 없었다. 정신을 차려 보니 벌써 스쿠터 뒷좌석에 타고 아스팔트를 신나게 내달리는 중이었다. 초대장은 내 웃옷 속에 꼭 품고 있었다. 형은 스쿠터를 모나네 집 앞에 세우고 다짜고짜 초인종을 누르며 나에게 말했다.

"나는 저 옆 카페에 있을게! 서두르지 말고 천천히 얘기해."

모나 엄마는 커다란 헬멧을 쓴 채 땀에 젖은 봉투를 들고 문 앞에서 초조해하는 나를 발견하고는 깜짝 놀란 표정을 지었다.

하지만 나와는 달리, 그 어떤 상황에서도 당황하지 않고 매끄럽게 넘어가는 사람들이 있는 법이다.

"어머, 닐스! 혼자 왔니? 어서 들어오렴."

모나 엄마는 아직도 나를 좀 덜떨어진 아이로 생각하는지 매우 친절하면서도 신중하게 굴었다. 나는 모나네 집으로 들어갔다.

모나 엄마는 나에게 무슨 말을 하려다 말고 그냥 따라오라는 손짓을 했다. 어떻게 현관을 지나 모나의 방으로 갔는지 하나도 기억이 안 난다. 어찌나 심란했는지, 작은 소리도 크게 울리는 지하 동굴 속을 걸어가는 기분이었다. 땀이 비 오듯 흘렀고, 숨조차 겨우 쉬었다.

바야흐로 그토록 간절히 꿈꾸었던 모나의 방에 들어섰다. 나는 모나와 마주 보고 서 있었다. 모나는 책상 앞에 앉아 나를 빤히 쳐다보았다. 그러고 보니, 이 상황과 비슷한 악몽을 전에 꾸었던 것 같기도 하다. 하지만 이건 아무리 발버둥쳐도 깰 수 없는 꿈이었다.

"뭐야? 잊은 거 있니?"

모나가 차가운 미소를 지었다.

그 순간, 갑자기 그날 하루 동안의 긴장, 아니 오랫동안 쌓이고 쌓인 설움과 질투, 그 밖의 온갖 추악한 감정들이 탁 하고 터져 버렸다. 그와 동시에 머릿속이 시커메졌다. 마귀와 흡혈귀 떼가 나를 사로잡았다. 나는 미친 사람처럼 인상을 쓰면서 모나의 눈을 똑바로 보고 쏘아붙였다.

"너 웃긴다."

그리고 곧바로 내가 뭘 해야 하는지 알아차렸다.

모나와 싸우는 것은 쓸데없는 일이다. 내 일기장을 읽은 거 다 안다고, 공격적인 말을 퍼부어서도 안 된다. 그런 일은 나중에 후회만 남긴다.

파스드라파스의 말을 떠올렸다. 선생님은 모나가 낭만을 꿈꾸는 열정적인 소녀라고 했다. 모나가 연애를 하고 싶어 한다고? 이제 하게 될 거다.

나는 모나에게 다가가 책상 위에 초대장을 내려놓았다.

"모나, 내가 너를 위해서 준비한 댄스 파티에 정식으로 초대하려고 왔어. 학교에서 어중이떠중이들에게 초대장 나눠 주듯 그렇게 주고 싶지는 않았어. 그래서 이렇게 불쑥 너희 집으로 찾아온 거야. 모나, 너에게 거짓말한 거 정말 미안해. 네가 바질과 함께 쓴 소설을 읽지 않은 거, 몹시 후회하고 있어. 너무 질투가 나서 그랬어. 나는 네가 좋아. 처음부터 널 좋아했어. 이런저런 일이 많았지만 지금도 좋아해."

이 말을 마치고 모나에게 키스를 하려고 열정적으로 고개를 들이밀었다. 내가 이포 형의 헬멧을 쓰고 있다는 사실을 잊지만 않았더라도 완벽했을 텐데.

지금 시각은 밤 9시. 모나에게 방금 메일이 한 통 왔다. 코피는 멎었지만 헬멧에 부딪혀 생긴 이마의 혹은 더 크게 부풀어 올랐다나.

댄스 파티에 오겠다는 말은 아직 없었다.

1월 27일

모나의 일급 비밀

불안해서 미칠 것 같아서 생일 파티 전에 몇 줄 적는다. 일기장에 집착하는 내 모습이 뭔가 미신에 매달리는 사람 같기도 하다. 게다가 내가 일기장에 미주알고주알 털어놓는 바람에 그 사달이 나지 않았나?

내가 집으로 들이닥친 그다음 날, 모나는 얼굴이 완전히 변해서 학교에 왔다. 노란빛이 감도는 보라색 혹이 이마에 툭 튀어나와 있었다. 코에도 밴드를 붙여서 약간 마이클 잭슨같이 보였고, 말을 할 때마다 도널드 덕 같은 코맹맹이 소리가 났다.

엄마 아빠는 스쿠터에 관한 한 더 이상 걱정하지 않아도 될 것 같다. 스쿠터 헬멧이 얼마나 단단한지 똑똑히 확인했다.

어쨌든 나는 감히 미안하다는 말조차 건넬 수 없었다. 무슨 말을 건네도 낭만적일 수는 없을 것 같았다.

요 며칠 동안 우리 반 애들은 내 생일 파티 얘기에 열을 올렸다. 내가 다가가면 모두들 갑자기 입을 다물었다. 나에게 특별한 선물을 주려고 비밀리에 준비 중인 듯했다. 친구들이 누나에게 살짝 물어봤는지, 어느 날 누나가 나에게 단도직입적으로 뭘 갖고 싶으냐고 물었다. 나는 스마트폰을 갖고 싶다고 대답했다. 모두들 나를 보고 의뭉스럽게 웃기만 했다. 다른 때 같았으면 나도 마냥 기쁘기만 했을 것이다.

나는 바질한테도 초대장을 전달했다. 바질은 딱히 놀라지도 않았고 호들갑스럽게 기뻐하지도 않았다. 나는 바질이 초대장을 받든 안 받든 생일 파티에 올 거라고 생각했다.

나는 매일 저녁, 춤 연습에 열을 올렸다. 내 춤은 많이 나아졌다. 엘로 누나와 이포 형은 이런저런 지침을 주었다. 일단은 나 혼자서 춤을 추다가 여자애들에게 다가가서 다 함께 춤을 추게끔 유도해야 한다나.

“한마디로 말해, 네가 분위기를 확 띄워야 한다는 거지.”

이포 형은 축구 잡지를 들춰 보면서 무심하게 말했다.

엄마는 뷔페 상차림에 신경을 곤두세웠다. 간단하게 집어 먹을 수 있는 먹거리, 무알콜 칵테일, 갖가지 스낵, 색색깔의 꽃을 엄청나게 주문했다. 그리고 엄마의 N+1 부카르 씨를 의식해서인지 거대한 생일 케이크까지 준비했다.

아빠도 질 수 없었다. 아빠는 할아버지 댁에서 오래된 미러볼과 스포트라이트 조명을 찾아냈다. 게다가 거실에서 안락의자들을 치우고 소파를 해체해 널찍한 공간을 마련했다. 거실에 꽃술 장식이 하나둘 늘어났다. 이포 형이 노트북과 스피커를 연결하고 음향 상태를 점검했다.

정확히 오후 2시가 되자 친구들이 동시에 들이닥쳤다. 아이를 데려다 주러 온 부모님들도 한껏 들떠 있었다. 부모님들은 한 시간쯤 서로 얘기를 나누다가 각자 집으로 갔다. 부카르 씨만 끝까지 파티에 함께하고 싶은지 그대로 남아 있었다.

이포 형이 어른들은 이제 그만 빠져 달라는 뜻에서 너무 크지 않게 첫 곡을 틀었다. 부카르 씨는 손가락을 딱 소리가 나게 튕기더니 몸을 흔들며 우리 엄마에게 윙크를 했다. 하지만 부카르 씨의 딸내미가 아빠는 그만 가라고 성화를 해 대는 바람에 결국 자리를 떠야만 했다. 모나는 그때까지도 오지 않았다.

어쨌든 생일 파티는 이미 벌어졌다. 누나가 신호를 보냈다. 누나는 음악의 볼륨을 높이고 이포 형을 끌고 나가 춤을 추기 시작했다.

두 사람의 춤은 끝내줬다. 그 춤이 불씨를 확 당겼다.

모두들 되는 대로 막춤을 추었다. 엄마 아빠는 침실로 자리를 비켜 주었고, 앙주도 춤을 추기 시작했다. 바티스트, 쥘, 그레구아르, 비올레트, 멜뤼진, 아르시노에, 그 밖의 다른 아이들도 열심히 몸을 흔들어 댔다.

시간이 쏜살같이 흘러갔다. 반짝반짝 돌아가는 미러볼을 보니까 모나 이마에 난 혹이 생각났다. 마음이 무거웠지만 분위기를 깨지 않으려고 나도 할 수 있는 대로 열심히 춤을 추었다.

바질은 혼자 뷔페에서 이것저것 맛보고 무알콜 칵테일을 마시기 바빴다. 우리 집에서도 어김없이 바닥에 과자 부스러기를 떨어뜨리고 있는 녀석의 모습을 보고 내가 가까이 다가갔다.

바질의 아무 꿍꿍이 없는 미소와 내가 다가가자 약간 놀라면서도 반가워하는 표정에—파티 장소가 우리 집이라는 사실을 까맣게 잊은 양—내 마음이 따뜻해졌다.

순간, 중학교에 입학하고 반 친구들을 조금씩 알아 가던 때가 생각났다. 사실 바질이야말로 그 누구보다 나를 따뜻하게 맞아 주면서 내게 얼간이 노릇의 기술을 전수해 준 친구가 아닌가. 내가 파스드라파스의 눈을 속여 답안지를 바꾸려 했을 때도 바질은 망설임 없이 내가 하라는 대로 움직여 주었다.

그런데 나는 어땠나? 비겁하게 바질을 외면하지 않았던가. 버릇없는 응석받이처럼 내 자존심과 질투심만 생각하느라 바질을 차갑게 대했다. 소설을 읽어 보라고 가져왔을 때에도 눈길 한번 주지 않았다. 난 정말로 무신경한 놈이었다.

바질에게 나를 따라오라고 살짝 손짓을 했다. 바질은 약간 불안한 눈으로 뷔페를 바라보며 망설였다. 그러나 곧 접시에 수북하게 음식을 담아 들고 복도와 계단에 질질 흘리면서 내 방까지 따라왔다.

우리의 발소리를 듣고 엄마 아빠가 대번에 방에서 튀어나왔다.

"파티는 잘되고 있니?"

엄마가 물었다.

"그럼요."

엄마는 바질을 보고 부자연스럽게 활짝 웃어 보였다. 우리 집에서는 음식을 방에 가지고 들어가서 먹으면 안 된다. 하지만 엄마는 잔소리하고 싶은 마음을 꾹 참는 듯했다.

"저기, 부카르 씨네 딸이 지루해하진 않니? 확실해? 개, 네 눈에도 굉장히 예쁘지 않니?"

엄마가 말했다.

나는 어깨를 으쓱했다. 다행히 엄마도 더는 말을 시키지 않고 내 방에서 나갔다. 바질과 나만 조용히 있을 수 있게 되자 마음이 가벼

워졌다. 바질은 내 책과 우표첩, 체스 상자 등을 구경하면서 기름기 번들거리는 손가락으로 이것저것 건드렸다.

"바질, 미안하다는 말을 하고 싶어. 내가 너에게 잘못한 게 많아."

바질은 지구본 조명을 켰다 껐다 하는 데 정신이 팔려 대답도 하지 않았다.

"어떻게 된 거냐 하면, 음…… 모나 때문에, 아니, 내가 모나를 좋아하는 마음 때문에 그렇게 된 거야. 무슨 말인지 알지?"

나 참, 내가 또 바질을 멍청이 취급하면서 말한 건 아닌지. 이제 음악 소리가 내 방까지 들렸다. 바질은 리듬에 맞춰 지구본을 켰다 껐다 했다. 그때 슈크림 하나가 내 방 카펫에 떨어졌다.

"뭐, 어쨌든 모나는 오지 않았어. 내가 쓸데없는 짓을 했나 봐."

그동안 이를 악물고 춤 연습에 매달린 나날을 떠올렸다. 댄스 파티가 끝나고 나면 집안 꼴이 어떻게 되어 있을까? 나는 이제 그만 잠이나 자고 싶었다. 이불을 푹 덮어쓰고 겨울잠마냥 오래오래 자고 싶었다.

"모나는 네 얘기밖에 안 해."

바질은 음식을 우적우적 씹으면서 벽에 걸린 2000피스짜리 퍼즐을 멀거니 쳐다보았다.

"진짜? 뭐라고 그러는데?"

바질이 다정하게 생긋 웃었다.

"누가?"

"모나 말이야! 모나가 나에게 대해서 뭐라고 했어?"

바질은 내 침대에 걸터앉아 뷔페 접시에 피라미드처럼 쌓아 올린 음식을 분석하듯이 뜯어보았다. 그러고는 한입 파이 아래쪽에서 노란색 마카롱을 어렵사리 끄집어 냈다.

"바질! 제발! 대화에 집중해 줘!"

"알아, 알아. 그런데 마카롱부터 먼저 먹어 치우려고. 내가 마카롱을 아주아주 좋아하거든."

"모나가 뭐라고 했어?"

"모나? 저기…… 좀 있어 봐."

바질은 마카롱을 한입에 꿀꺽했다. 우적우적 씹으면서 뭐라고 중얼대긴 했는데, 무슨 말인지 도무지 알아들을 수가 없었다. 나는 하마터면 바질의 접시를 빼앗아 창밖으로 내던질 뻔했다.

"바질, 부탁이야. 잠깐만 먹는 거 중단하고 자세히 좀 말해 줘."

나는 다시 차분하게 부탁했다.

바질은 길 잃은 새끼 고양이 바라보듯, 달콤한 조각 케이크와 한입 파이를 애처롭게 바라보았다.

"모나는 쉬지도 않고 네 얘기를 해 댔어. 그래서 12장에서 20장까지 소설 진도를 빼는 동안 애를 좀 먹었지. 바르비캉드의 분화구에서 엘프가…….”

“바질, 소설 얘기는 나중에 들을게! 모나 얘기만 하자. 걔가 뭐라고 했어?”

바질은 기억을 떠올리느라 뺨을 홀쭉하게 만들며 인상을 썼다.

“특별한 건 없었어. 모나는 널 좋아해. 아, 그래. 모나가 너를 단단히 혼내 주려고 작정한 건 사실이야. 오늘 파티에 오긴 할 건데, 일부러 아주 늦게 올 거야. 네 애간장을 바짝 태워 보겠다 이거지. 그리고 무엇보다…… 음, 이게 중요한데…….”

나는 숨이 멎는 듯했다. 그러나 바질은 생각에 잠겼다.

“맞아, 모나가 그랬어. 이건 일급 비밀이라고. 내가 너한테 뭐라도 얘기했다간 모나가 날 죽일 거야.”

나는 당장 계단을 내려갔다.

거실 공기가 열대 지방 뺨치게 후끈 달아올라 있었다. 멜리장드를 껴안고 흐느적흐느적 춤을 추는 앙주가 맨 먼저 보였다. 그리고 다음 순간…….

모나가 있었다.

눈이 부셨다.

모나가 춤을 추고 있었다.

춤을 추는 그 애 모습은 다른 애들과 똑같았다. 조금도 다리를 저는 애처럼 보이지 않았다. 오히려 외줄 위에서 한 발 한 발 떼는 곡예사처럼 살짝살짝 깡충대는 모습이 마치 마법에 걸린 발레리나 같았다. 미러볼에서 흩어지는 눈부신 빛의 조각들이 모나의 가냘픈 몸에 쏟아졌다. 춤의 귀재인 엘로이즈 누나조차도 모나에게 비교하면《정글북》의 갈색 곰 발루 아저씨처럼 둔해 보였다.

다른 아이들은 모나를 위해 공간을 넉넉히 내어 주었다. 앙주는 혹시라도 모나가 넘어질까 봐 팔을 약간 벌린 자세로 그 옆을 지켰다. 하지만 모나는 넘어지지 않았다. 그 애는 멋지게 춤을 추었다. 오늘 밤에 모나에게 만유인력의 법칙이 통하지 않는 기적이 일어났다.

오디오 옆에서 음악을 담당하고 있던 이포 형이 나에게 신호를 보냈다. 이웃고 형이 느린 음악을 틀었다. 은은하고 낭만적인 옛날 음악이었다.

즉석에서 몇몇 쌍이 만들어졌다. 나는 모나에게 다가갔다. 모나는 내 눈을 똑바로 바라보며 미소 지었다. 나는 이제 헬멧을 쓰지 않았다는 뜻으로, 내 머리 위를 손으로 확인하는 시늉을 했다. 모나가 더 활짝 웃었다.

웃기지만 내 발이 끈끈한 것을 밟고 그대로 미끄러지는 순간, 나는 그게 방금 바질의 접시에서 떨어진 땅콩버터 토스트라는 것을 직감했다. 두 팔을 허우적대면서 넘어지다가 엄청나게 미안해하는 바질의 눈빛을 보았다.

그다음은 암흑이었다.

1월 29일

얼간이를 위한 얼간이 노릇 대작전

“걱정하지 마. 내가 같이 다니면서 도와줄게.”

월요일 아침, 운동장에서 모나가 나를 보고 그렇게 말했다.

나는 서툴게 목발을 짚어 가며 헉헉대고 땀을 뻘뻘 흘리며 겨우 겨우 모나를 따라서 엘리베이터까지 갔다.

“두고 봐. 금방 익숙해질걸? 그런데 깁스 오래 해야 해?”

모나가 물었다.

“아니, 그냥 발목을 조금 삐었을 뿐이야. 불행 중 다행이지.”

다음 순간, 내가 한 말이 조금 무신경했다는 생각이 들었다.

“미안해, 모나.”

모나는 아무 대꾸도 하지 않았다. 하지만 엘리베이터 문이 닫힌 순간, 모나가 나에게 입을 맞추었다. 그러고는 엘리베이터가 위층에 도착하자 이렇게 말했다.

"사십 초 걸리는구나. 너무 짧아서 아쉽다."

나는 아무 말도 할 수 없었다. 하지만 거기서 수학 교과 교실까지 걸어가는 데에는 목발이 필요 없었다.

모두들 이미 자리에 앉아 있었다. 나는 잠시 교실 문 앞에 서 있었다. 우리 반 아이들이 한눈에 들어왔다. 문득 그 친구들이 다 잘 생기고 상냥하고 사랑스러워 보였다. 앙주가 나에게 손짓을 했다. 바질은 방금 하늘에서 지나간 비행기의 흔적을 관찰하고 있었다.

나는 절뚝대면서 교탁까지 걸어갔다. 파스드라파스가 내 목발을 보고 약간 인상을 찡그렸다.

"선생님, 제가 한 말씀 드려도 돼요?"

나는 은근하게 말을 건넸다.

파스드라파스는 알았다면서 나에게 복도로 잠깐 나가자고 했다. 이미 자리에 앉은 모나가 나에게 윙크를 했다. 갑자기 가슴이 부풀어 올랐다.

"선생님, 감사하다는 말씀을 드리고 싶어요."

"나에게? 왜?"

"선생님 말씀대로 했더니 모든 일이 잘 해결됐어요. 댄스 파티 말이에요."

파스드라파스가 다시 한 번 내 목발을 빤히 보았다.

"그래, 그런 것 같더구나."

"아, 이건 아무것도 아니에요. 그리고…… 염치없지만 부탁 좀 드릴게요."

파스드라파스는 놀라면서도 뭐든 말해 보라고 했다. 아마도 이 선생님이 이런 유의 부탁을 받아 본 적은 한 번도 없었을 것이다.

"우리 반 친구들 말인데요, 저에게 다들 너무나 잘해 줬어요. 토요일 밤에 다들 잠도 못 잤어요. 댄스 파티와 저의…… 사고 때문에요. 일요일에는 모두 병원까지 찾아와 줬고요. 다들 수학 공부할 시간도 없었을 거고, 연습 문제도 못 풀었을 거예요. 저기, 선생님께서 오늘 하루만…… 너그럽게 봐주시면 안 될까요?"

파스드라파스가 고개를 끄덕끄덕했다.

"너 많이 발전했구나, 닐스. 정말이야. 네가 얼간이라는 내 판단을 다시 생각해 봐야겠다. 어쩌면 보기보다 그렇게 심한 얼간이는 아닐지도 모르겠어."

"고맙습니다, 선생님."

우리는 교실로 돌아갔다. 내 자리로 돌아가 앉는 것만도 여간 힘든 일이 아니었다. 처음으로 모나가 어떻게 살아왔는지가 생생하게

와 닿았다. 나는 결코 모나만큼 용기 있는 사람이 되지 못할 거다.

어쨌든 내가 자리에 앉자 파스드라파스가 엄숙하게 선언했다.

"여러분의 급우 닐스가 여러분과 관련하여 중요한 정보를 전해 주었다. 다들 닐스 때문에 수학 공부를 할 시간이 없었다지? 그래서 오늘은 지극히 이례적으로 연습 문제 검사를 미뤄 주겠다. 오늘까지 다 풀어서 제출하기로 한 연습 문제는 내일까지 해서 내도록."

여기저기서 기쁨의 탄성이 터졌다. 어떤 친구는 박수까지 쳤다.

"그 대신 오늘은 깜짝 시험을 보겠다. 배점이 평소의 두 배다. 중학교 1학년들이 벌써부터 흥청망청 파티나 하고. 아주 멋진 인생의 출발이로구나, 녀석들!"

파스드라파스가 변함없는 모습으로 남아 줘서 새삼 고맙다는 생각이 들었다. 좋아하는 소녀와 키스를 하고 나면 모든 것이 달라 보인다. 그런데 선생님까지 생판 다른 사람이 되면 내가 정신을 차릴 수 없을 것 같다.

나는 다른 친구들이 끙끙대며 쪽지 시험에 매달리는 모습을 물끄러미 바라보았다. 솔직히 쟤들도 성적 제일주의를 벗어날 방법을 써먹기만 하면 간단히 해결될 텐데. 나의 얼간이 작전은 결과적으로 대성공이었다. 아예 이 방법으로 특허라도 받을까 생각 중이다. '얼간이를 위한 얼간이 노릇 대작전'이라고 이름 붙이면 어떨까?

하지만 나의 발목 부상, 모나의 코와 이마, 우리 가족이 그동안 겪은 마음고생 등을 생각해 보니 행복하게 살아 보겠다고 바보 연기를 하는 것도 위험 요소가 만만치 않은 듯했다.

이윽고 모나 쪽으로 시선을 돌렸다. 모나가 생긋 웃어 보이자 아무 생각도 나지 않았다. 파스드라파스가 답안지를 거둬 갈 때까지 내 답안지는 백지였다. 결국, 처음으로 진짜 빵점을 맞았다.

댄스 파티에서 앙주가 멜리장드에게 푹 빠져 공부고 뭐고 안중에 없었기 때문에 이번에는 모나가 1등을 차지했다.

어쩌면 6학년 때 담임 선생님의 고별사가 순전히 허튼소리만은 아니었는지도 모르겠다. 정말이지, 중학교에 들어온 후로 별의별 희한한 일이 다 있었다.

"수학 경시 대회 우승자가 어떻게 된 거야?"

방과 후에 모나가 웃으면서 말했다.

"그러게, 아무래도 보충 수업을 좀 받아야 할 것 같아."

나는 그렇게 대꾸하고는 오른팔로 모나의 허리를 감고 왼팔로는 목발을 짚었다. 오른쪽 목발은 모나가 썼다. 우리는 함께 목발을 짚고 껑충거리며 교문을 나섰다.

우리 두 사람은 절뚝대는 호흡조차 기가 막히게 잘 맞았다.

얼간이 신입생의 일기

첫판 1쇄 펴낸날 2015년 5월 28일
9쇄 펴낸날 2023년 4월 27일

지은이 뤽 블랑빌랭 **옮긴이** 이세진
펴낸이 박창희
편집 김수진 백다혜 **디자인** 전윤정 김선미
마케팅 최창호 박진호 임선주 **회계** 양여진

펴낸곳 (주)라임
출판등록 2013년 8월 8일 제 2013-000091호
주소 경기도 파주시 심학산로 10, 우편번호 10881
전화 031) 955-9020, 9021 **팩스** 031) 955-9022
이메일 lime@limebook.co.kr **인스타그램** @lime_pub
홈페이지 www.prunsoop.co.kr

ISBN 979-11-85871-18-9 44860
979-11-951893-0-4 (세트)